KB238656

이름을 짓는다는 건, 단순한 호칭을 넘어

그 사람이 어떻게 자라나기를 바라는지 담는 일입니다.

그곳에서 이미 당신의 빌드업 육아가 시작되고 있을 거예요.

아이 이름 _____

이름에 담은 마음 _____

당신의 이름 _____

_____ 님의 빌드업 육아 여정을 응원합니다.

현대해상이 전하는 진심

정경선 현대해상 CSO

저의 어린 시절을 떠올려보면 적당히 평범하고 적당히 유별난 아이였던 것 같습니다. 게임에 빠져서 새벽에 몰래 일어나 해 뜨는 줄 모르고 플레이하다가 혼나기도 했고, 동시에 나이에 맞지 않는 과학 상식 책을 읽다가 교회 초등부 선생님에게 모세의 기적이 어떻게 과학적으로 가능한지와 같은 곤란한 질문을 하기도 했습니다. 그런 과정에서 부모님은 가끔은 엄하게 혼내기도 하셨지만, 또 가끔은 친구처럼 의견을 나누는 대상이 되어주셨습니다. 돌이켜 보면 저희 부모님이 무척 '현대적'이셨다고 느껴집니다. 모르는 부분은 모른다고 솔직히 얘기해주셨고, 오직 자식들이 잘되기 위해 당신들께서 생각하고 있는 방향으로 나아가도록 설명하고 설득해주셨습니다.

그래서일까요. 저는 이제 독립해서 사는 미혼인 아들입니다만, 여전히 부모님과 자주 식사를 하고 통화도 하며 시시콜콜 수다를 떱니다. 장성한 자녀들(특히 아들)이 이렇게 부모님과 친하게 지내는 걸 보면 많은 분들이 부러워하시는데, 자녀를 위해 모든 걸 바쳤던 한국의 부모님들이 이런 '화목함'을 부러워한다는 게 가끔은 슬프게 느껴지기도 합니다.

현대해상은 해상보험과 화재보험을 중심으로 하는 손해보험사로 시작하여 이제는 대한민국 신생아 70%에게 태아보험을 제공하는 태아보험의 대명사인 회사가 되었습니다. 아이들이 가장 아프고 힘든 순간에 함께하기 때문에, 그 어떤 회사보다도 아이를 위하는 부모님들의 마음을 자주 접하곤 합니다. 그러다 보니 자연스레 우리 아이들의 건강하고 행복한 성장을 바라는 부모님들을 어떻게 도울 수 있을까 고민하게 되었습니다. '7세 고시' 등으로 표현되는 경쟁적인 교육 압박에 아이는 물론이고, 부모님들도 고통받는 현실에서 우리가 어떤 역할을 해야 할지 고민하게 되었습니다.

'빌드업 육아클럽'은 그런 고민에서 출발한 프로젝트입니다. 우리 아이를 더욱 건강하고 행복하게 키우기 위해 부모님들 입장에서 가장 궁금하고 필요한 정보들을 모으고, 가독성을 높여 이를 전달하며, 비슷한 고민을 하는 분들이 한곳에 모이는 커뮤니티를 만들어가고자 합니다.

이토록 찬란한 육아

'빌드업 육아클럽'은 건강하고 행복한 육아의 결과물이 아이의 성적이나 경쟁력보다는 시간이 흘러도 화목한 가정이어야 한다고 믿습니다. 바라건대 현대해상의 노력이 "자녀라는 귀한 손님을 감사히 맞이하고, 경건한 마음으로 바른 육아를 하고자 노력하며, 자녀를 자립시켜주고 유유히 떠나는 부모"(서울대 소아정신과 홍순범 교수님 저 『엄마의 첫 공부』에서 인용)에게 도움이 되었으면 합니다.

빌드업 육아클럽의 첫 여정

빌드업 육아클럽 기획자 대담

일시 2025년 8월 초 어느 날의 오전

장소 서울 성수동 안전가옥 회의실

대담 김홍익 안전가옥 대표

　　　 임수빈 안전가옥 프로젝트 담당 PD

정리 손현 헤르츠 콘텐츠 매니저

"아이를 어떻게 키워야 할까? 내가 정말 잘하고 있는 걸까?"
아이를 키우는 양육자라면 누구나 이런 고민을 해보았을 거
예요. 세상에는 수많은 육아법과 정답처럼 보이는 해결책이
넘쳐납니다. 하지만 모든 아이에게 맞는 완벽한 정답은 없다

는 것을 우리는 이미 잘 알고 있죠. 그래서 현대해상에서는 문제가 발생할 때마다 솔루션으로 해결하려는 육아가 아니라 아이는 아이답게, 부모는 부모답게 공존하며 천천히 앞으로 나아가는 '빌드업 육아'를 통해 건강하고 행복한 육아 문화를 만들고자 이 프로젝트를 시작했습니다. 지난 2025년 6월부터 8월까지 현대해상 공식 블로그와 현대해상 인스타그램을 통해 '빌드업 육아클럽' 시즌 1이 먼저 공개되었어요.

이 책은 빌드업 육아클럽의 첫 여정을 담은 결과물입니다. 그동안 발행된 콘텐츠 중 일부를 다시 엮고, 분량상 미처 담지 못한 내용을 보강해 독자들에게 보다 풍성한 맥락을 제공하고자 했습니다. 그런데 현대해상과 빌드업 육아클럽 프로젝트를 함께한 곳이 콘텐츠 프로덕션이자 장르문학 전문 출판사인 '안전가옥'이라는 사실을 알고 계셨나요?

장르문학을 다루던 안전가옥에서 선보이는 논픽션 임프린트 브랜드 '사각'의 첫 프로젝트로 육아라는 키워드를 다루게 된 이유가 무엇일까요? 그럼 빌드업 육아클럽을 기획한 안전가옥 담당자 두 분의 이야기를 한번 들어보겠습니다.

장르문학 출판사가 육아를 다룬 이유

Q. 손현(이하 생략): 안전가옥에서 이번 프로젝트에 참여하게 된 배경에 대해 먼저 소개해주시겠어요?

김홍익(이하 김): 외부에서 인지하는 안전가옥은 장르물 출판사에 가까울 텐데요. 그동안 저희의 여정을 압축해보자면, 이야기를 발굴해 독자에게 전달하는 일련의 과정을 거쳐왔다고 말할 수 있습니다. 이야기가 있는 사람에게서 콘텐츠를 끌어내고, 좀 더 짜임새 있게 만들고, 이야기에 가장 어울리는 물성으로 잘 담아내 독자 또는 시청자들과 소통해왔거든요. 영상 제작사나 매체와도 꾸준히 협업을 해왔습니다. 이 프로젝트 또한 저희가 다뤄온 이야기뿐 아니라, 창작자와 독자의 범위를 넓혀보자는 생각에서 시작했습니다. 마침 현대해상과 함께 양육자들의 이야기를 물성이 있는 책으로 만들고, 그 책을 기반으로 또 다른 양육자나 양육에 관심이 있는 분들에게 찾아가는 첫발을 뗄 수 있었고요.

Q. '모든 이야기들의 안식처'는 지금의 안전가옥을 설명하는 모토이기도 합니다. 어쩌면 육아 이야기의 안식처를 마련했다고 볼 수도 있겠군요. 그런데 막상 두 분을 비롯해 안전가옥 내부에는

현재 양육자가 없다고요. 이 프로젝트를 준비하는 동안 어려움은 없었나요?

김: 팀 내 양육자가 없다는 게 장점이자 단점이 될 수 있다고 생각했어요. 장점은 출판 콘텐츠업에 대한 직접경험이 없었던 제가 안전가옥을 처음 시작할 때와 비슷해요. 무식하니까 용감하게 할 수 있다는 말처럼, 이쪽 판이 어떻게 돌아가는지 몰랐기 때문에 할 수 있는 영역이 있거든요. 양육에 대해서도 비슷하게 접근했어요. 무엇이 좋고 나쁜 양육인지, 오히려 어떤 관성이나 편견에서 자유롭게 이야기를 받아들이고 내보낼 수 있었다고 생각해요. 물론 고민도 컸습니다. 동시에 아이를 키우며 고생 중인 분들께 신뢰받을 수 있는 이야기를 만들어야 한다는 부담이 컸거든요. 그래서 사전 조사를 많이 했고, 육아하는 아빠들의 뉴스레터 '썬데이 파더스 클럽'의 일원이자 신뢰하는 콘텐츠 파트너인 '헤르츠'와 함께 진행하게 됐습니다.

Q. 한국 사회에서 아이 키우는 다양한 모습을 객관적으로 바라볼 수 있는 포지션은 장점이 되겠군요.

김: 기존에 작가들과 협업했던 방식과 비슷해요. 안전가옥은 독자를 생각하고 이야기의 얼개와 만듦새에 집중하고,

장르 전문성 혹은 이야기의 전문성을 가진 창작자분들이 더 좋은 이야기를 만들어낼 수 있도록 협업하는 관계거든요. 이 프로젝트 역시 헤르츠가 콘텐츠 제작에 집중할 수 있도록, 그리고 헤르츠가 만나는 인터뷰이들의 이야기가 독자에게 더 잘 전달할 수 있도록 중간에서 조율하는 것이 안전가옥의 역할이라고 생각합니다.

육아도 축구처럼 '빌드업'

Q. 육아에도 여러 테마나 키워드가 있는데요. '빌드업'이란 단어는 어떻게 나오게 되었나요?

김: 한번은 공동육아 중인 아버지를 인터뷰할 일이 있었는데, 당시 그들의 공동육아 테마가 '빌드업'이었어요. 그분께서 "요즘 빌드업 축구가 유행"이라고 하시더군요.

Q. 빌드업 축구가 뭔가요?

김: 빌드업 축구는 골키퍼부터 동료에게 공을 차근차근 넘기는 과정을 뜻해요. 서로 패스하면서 골을 넣기까지 그 과정이 매우 중요하거든요. 본인들은 이를 육아에도 적용해보고 있다고 하여 거기서 힌트를 얻었어요.

이토록 찬란한 육아

Q. 스포츠는 결과나 성과가 중요하겠지만, 육아는 일련의 과정이 더 중요할 수도 있고요.

김: 결국 우리 아이의 직업이 무엇이 되고 어떤 학교를 가야 한다기보다는 아이와 대화를 많이 하고 면밀히 살피고, 양육자 본인들의 상태를 아이들에게 잘 공유하면서 그다음 스텝으로 매우 촘촘하게 나아가는 게 '빌드업'이라는 얘기를 들었을 때 공감이 많이 됐어요. 미디어에서 흔히 말하는 특정 직업에 대한 과도한 선호, 그리고 그걸 달성하기 위한 정답처럼 여겨지는 교육 방식과는 상대적으로 더 다양한 가능성과 양육 방식을 긍정하는 테마가 '빌드업 육아'라는 단어로 대변될 수 있겠더라고요.

Q. 프로젝트 담당자인 수빈 님 생각도 궁금해요. 본인의 유년 시절에 빌드업 육아를 경험하셨나요?

임수빈(이하 임): 돌이켜 보면 어머니께서 빌드업 육아와 비슷한 방식으로 저를 키우신 것 같아요. 우선 본인 주관이 뚜렷하세요. 저는 제도권 교육으로 유명한 동네에서 자랐어요. 그럼에도 어머니께서 "네 공부는 네가 알아서 해. 만약 학원에 가고 싶으면 그게 왜 필요한지 직접 생각해보고 어디를 가고 싶은지, 얼마의 비용이 드는지 알아 오렴. 그럼 내가 돈을

줄게"라고 말씀하시던 분이었어요.

Q. 그 시절에 이미 뭔가를 깨우친 분이셨나요?

임: 그보다는 늘 바쁘셨어요. 항상 경제활동을 하셨고 지금도 일하고 계세요. 직장 생활뿐만 아니라 저희를 키우면서 일시적으로 형편이 어려워지면 직접 가게를 차릴 정도로 책임감이 강하셨거든요. 그렇다고 저희를 방치하거나 방임하는 건 아니었어요. 스스로 어떻게 살고 있는지 보여주면서, 기본적으로는 사랑과 존중의 태도로 저희 의견을 물어보셨어요. "엄마가 이렇게 열심히 사는 만큼 너도 잘 살기 위해 네가 원하는 걸 생각해봐. 그게 정말로 필요하다면 나를 설득해"라는 말씀을 자주 하셨어요. 덕분에 저도 성장하면서 주체적인 성향이 강해졌고요.

양육자의 불안에서 출발하다

Q. 첫 시즌 테마는 '불안과 회복 탄력성'이라는 키워드에서 시작되었다고요. 왜 이 주제로 정했나요?

임: 양육자 자신의 내면을 돌아보는 것에서 시작해야 한

다고 생각했어요. 나의 육아 가치관을 알리려면 우선 자신이 어떤 사람인지부터 알아야 하잖아요. 아이와 나의 관계는 자연히 이어질 테고요. 꼭 양육을 하지 않더라도 누구나 마음 안에 불안을 가지고 있고, 특히 우리 사회에서 아이를 키우는 분들을 불안하게 하는 게 무엇인지 짚어보고 싶었어요. 그걸 알면 다시 일어설 힘도 가질 수 있고요.

김: 자녀를 특정 직업인으로, 마치 프로듀싱하듯이 대하는 어떤 코스나 트랙 들이 있어요. 그걸 정답처럼 여기고 따라가는 사회 분위기도 존재하고요. 한편, 다른 길도 많을 텐데 그 하나의 코스에서 멀어진다고 느낄 때 양육자들이 불안을 많이 느끼는 것 같더라고요. 저희가 시장을 조사하면서 인터뷰할 때 공통적으로 들었던 말 중 하나가 "불안하다" 혹은 "아이한테 미안하다"였어요. 한국여성정책연구원의 김종숙 원장님을 만나 프로젝트에 대한 조언을 구할 때에도 "엄마들의 불안을 잘 바라보고 이걸 어떻게 다룰지 고민이 필요"하다고 언급하셨고요. 그래서 양육자의 불안에서 출발하는 게 중요하겠다고 생각했어요.

Q. 조금은 무거운 주제 의식에서 출발했지만, 시즌 1을 마치면서 예상보다 다채로운 양육자들의 이야기가 많이 나왔어요.

그동안 발행된 인터뷰나 칼럼을 먼저 접하면서 새롭게 알게 된 점이 있다면 무엇인지 궁금해요.

임: 저는 아직 아이가 없기 때문에 막연하게 양육자가 되면 나를 포기하고 잃어가는 줄로만 알고 있었어요. 그런데 양육자들의 인터뷰나 칼럼, 에세이를 읽으면서 '양육자가 된다는 건 나를 잃는 게 아니라 또 다른 나를 만나는, 혹은 또 다른 내가 되는 업그레이드 과정' 같다고 느꼈어요.

Q. 인상적인 구절도 있었나요?

임: 인터뷰이 중 김잔디 님의 말이 너무 안심됐어요. "엄마가 된다고 모든 것이 달라지지 않는다"라는 메시지였어요. 엄마가 되면 내 세상이 많이 변할 것 같고 전과는 완전히 다른 모드로 살아야 할 것 같았거든요. 인터뷰를 읽으면서 나의 줄기는 변하지 않는 대신, 내 가지에 뭔가가 새롭게 추가되는 것이라는 긍정적인 마음가짐을 갖추게 됐습니다.

김: 인터뷰이 중 유일하게 아빠였던 홍연길 님 인터뷰가 기억에 남아요. 여전히 한국에서 육아휴직을 쓴 아빠는 보기 드문데, 자신의 경험을 솔직하게 말씀해주셨어요. 인터뷰 말미에 홍연길 님이 자신의 아내에게 받은 문자를 언급한 부분이 있어요.

"좀 더 그냥 대충인 아빠가 되어봐.

완벽할 필요가, 아니 완벽할 수도 없고.

유니콘 아빠가 세상에 어딨어. (후략.)"

— 홍연길 님 인터뷰 중 (본문 p.73)

암묵적으로 아이를 키우려면 완벽한 양육자가 되어야 하고, 아이에게 엄청나게 애를 쓰는 과정일 거라고 지레짐작하고 겁을 먹었거든요. 오히려 아내에게서 대충 해도 된다는 이야기를 들었을 때의 상황이 재밌었어요. 물론 실제로 '대충'하면 안 되는 것들도 있겠지만요. (웃음.)

육아가 하나의 장르라면

Q. 육아도 하나의 장르로 바라볼 수 있을까요?

임: 아직까지는 이세계물* 같아요. 물론 프로젝트를 진행하면서 이세계에 한 발씩 다가가고 있지만요.

---

* 제목 그대로 이(다른)세계를 주제로 다루는 작품. 흔히 지구에서 다른 세계로 옮겨 가는 과정이 전제될 때 이세계물로 분류하며, 서로 다른 장르를 합쳐서 '퓨전판타지'로도 불린다.

Q. 현실은 아이를 키우는 사람이나 키우지 않는 사람이나 같은 세계 안에 공존하지 않나요?

임: 맞아요. (웃음.) 저는 아기를 좋아하고 요즘의 양육 환경에 대해 긍정적으로 바라보는 편임에도 막연한 불안이 있었어요. 책임지지 못할 무언가를 꾸려가는 것에 대한 부담이랄까요?

Q. 이세계가 그리 험난하지만은 않습니다. (웃음.)

임: 제게는 별천지 같은 이세계를 어떻게 돌파해나가야 되는가가 고민이에요. 그래도 예전에는 '내가 저 세계에 갈 일이 있을까?'라고 생각했다면 이번 프로젝트를 통해 다양한 이야기를 만나서인지 조금 안심되는 면이 있어요. 요즘은 '나도 저기에 가서 가족이라는 이야기의 칼이라도 뽑아볼 수 있고, 뭐라도 심어볼 수 있지 않을까?' 하고 생각하고 있어요.

김: 저는 특정 장르라기보다는 기술적 요소로 바라보고 있어요. 소위 시점(POV; Point of View) 전환 같은 거죠. 그동안 많은 이야기가 1인칭 화자 중심으로 서술되었다면, 육아는 다중 시점으로 쓰일 수 있겠다는 느낌을 받았어요. '아이'라는 존재, 어쩌면 나보다 더 중요한 존재를 삶에서 마주하면서 '저 아이는 지금 이 상황을 어떻게 생각할까' 혹은 '나는 저 아이

이토록 찬란한 육아

에게 어떤 객체가 되어야 될까'라고 하는 고민을 거의 모든 양육자들이 하게 되니까요.

Q. 육아를 다양한 평행 우주와 시점이 존재하는 장르로 볼 수도 있다니 흥미롭네요. 이번 시리즈를 통해 독자들에게 어떤 메시지를 전하고 싶나요?

임: '육아에는 정답이 없다!'라는 것이에요. 우리가 머리로는 이해하는데 마음으로 못 받아들이는 것 같거든요. 앞으로도 더 많은 사례를 소개하고 각자 생동감 있게 살아가는 가족들에 대한 이야기를 전달하면 서서히 마음으로도 이 말을 느끼게 되지 않을까요? 육아에 정답은 없고, 그래서 더욱 찬란하다는 말을 전하고 싶습니다.

완벽한 부모가 되려고 애쓰는 대신,

나답게 성장하는 부모가 되는 길을 제안하는

빌드업 육아클럽은 아이와 부모가 모두

건강하고 행복한 육아 문화를 만들고자 노력하는

현대해상의 육아 철학과 맞닿아 있었습니다.

그럼 우리 가족만의 육아법을 세워 천천히 앞으로

나아가고 있는 일곱 분의 이야기를 만나볼까요?

차례

잘하려는 대신
아이와 행복하게
나아간다

김소영

#선택과집중 #육아실용주의자

MBC 아나운서로 근무 후 퇴사해 큐레이션 서점 '책발전소'를 9년째 운영하고 있다. 영국 작가 브론테 자매의 이름을 딴 라이프스타일 큐레이션 커머스 '브론테'를 통해 축적한 소비자 데이터를 바탕으로 자체 브랜드를 선보였고, 시리즈 A 투자 유치에 성공하며 사업가로서의 역량을 입증해왔다. 이와 동시에 든든한 육아 동지이자 남편, 방송인 오상진과의 사이에서 2017년에 얻은 딸 수아의 엄마로도 바쁜 나날을 살고 있다. 한 기업의 대표로서 수많은 의사 결정을 내려온 경험을 토대로 불필요한 걱정은 줄이고, 문제 해결에 집중하는 유연한 태도를 '현실 육아'에서도 적용해 일과 육아 모두 건강하게 영위하는 것이 목표이다.

부모가 되면 막연히 겁부터 나고 막막한 감정을 느끼는 상황과 마주할 때가 많습니다. 이는 나와 똑 닮았으면서도 나와는 전혀 다른 인격체인 아이를 잘 키워야 한다는 부담감에 지레 압도되기 때문일 겁니다. 내 아이의 모든 것을 꽉 채워주고 싶은 욕심에 아이의 보폭은 무시한 채 빠르게 앞장서 걷고, 미래의 걱정에 사로잡혀 불필요한 감정에 현재를 소모하는 때도 자주 생기는데요. 모두 '초보' 부모라면 흔히 경험할 수 있는 일입니다. 방송인과 사업가로 맹활약 중인 김소영 님의 이야기는 일과 양육의 경계에서 흔들리기 쉬운 양육자에게 하루하루 자신의 삶에 집중해 사는 것만으로도 충분히 좋은 부모가 될 수 있다는 메시지를 전달합니다. 자신의 한계를 인정하고, 선택과 집중을 통해 삶을 단순화하는 그의 육아 철학은 '잘 해내야 한다'는 강박에 시달리는 양육자의 마음을 한결 가볍게 덜어줄 듯합니다. 실체 없는 불안감에 아이와의 귀중한 순간을 망치기보다, 지금 내 아이가 행복한지에 집중해 그때그때 바른 판단을 내려온 그의 태도는 육아의 본질이 결국 '아이와 함께 행복을 찾아가는 여정'에 있다는 사실을 되새기게 합니다.

에디터 김나래 | 사진 윤미연

PART 1

육아와 더불어 자연스럽게 무르익어가는 일

●

Q. '엄마 됨'에 대한 이야기를 나누기 전에 먼저 근황부터 여쭙고 싶습니다.

개인적으로는 집과 사무실 이사를 마쳤고, 올해 아이가 초등학교에 들어갈 예정이라 고민이 많은 시기입니다. 직업적으로는 제가 운영하는 회사 '비플랜트(Bplant)'에서 론칭한 슬로우 에이징 뷰티 브랜드 '커브드(Kurved)'와 웰니스 브랜드 '세렌(Seren)'을 성장시키는 초기 단계라 그 일에 몰두하고 있어요.

Q. 방송인, 아나운서, 책방 주인, 사업가, 인플루언서 등 어떤 수식어가 가장 잘 어울릴지 고민될 정도인데요. 최근 공식적인 자리에서 어떻게 자신을 소개하고 있나요?

작년부터는 제가 아나운서로 일한 기간보다 사업을 시작

한 기간이 더 길어졌어요. 이제는 저를 '사업하는 사람'이라고 소개하고 있습니다.

Q. 2017년 큐레이션 서점인 '책발전소'를 시작으로 삶 전반에 영감을 주는 아이템을 소개하는 큐레이션 커머스 '브론테'를 비롯해 제조업에도 훌쩍 뛰어들었어요. 이런 사업적 확장을 예측했을까요?

저는 제 사업이 크게 확장되었다고 보지는 않습니다. 방송인으로서 연차가 쌓일수록 맡는 프로그램의 양과 질이 변하듯이, 비즈니스를 하면서 이뤄진 자연스러운 선택들이라는 표현이 적합할 듯해요. 유통업을 하다 보니 어느 순간 고객이 원하는 것들이 눈에 들어왔어요. 고객의 니즈와 제가 잘할 수 있는 부분을 계속 고민하면서 새로운 브랜드도 만들고, 활동 반경이 더 넓어진 것 같습니다.

Q. 브론테에서는 일상 전반에 필요한 다양한 카테고리의 제품을 큐레이션하고, 판매하고 있습니다. 워킹맘으로서의 실제 경험이 사업에 도움을 준 부분이 있을까요?

도움이 많이 되었죠. 실제로 브론테의 구매 고객 데이터를 보면 저와 비슷한 또래의 엄마분들이 많아요. 엄마들에게 중요한 것 중 하나가 시간인데요. 저에게는 좋은 물건을 좋은

잘하려는 대신 아이와 행복하게 나아간다

조건으로 사고 싶어도 일일이 찾고 비교하는 과정이 스트레스였어요. 그렇다고 아무거나 사면 실패할 확률이 높으니 그런 경험도 별로 기분이 좋지 않았고요. 여러 부정적인 경험을 겪으면서 '누군가 나한테 그냥 뭘 사라고 말해줬으면 좋겠다'라고 생각했죠. 친한 언니가 채팅방에서 "이 브랜드의 이 제품을 사면 돼" 하고 (명확하게) 추천해주면 정말 편하잖아요? 그런 필요성을 크게 느꼈기 때문에 일상의 모든 카테고리에서 '내가 고른 것'을 보여주는 사업을 시작할 수 있겠다는 결심으로까지 연결되었어요.

Q. 새로운 브랜드의 시작이 쇼핑에 대한 게으름에서 비롯되었다고 해도 과언이 아닌 것 같습니다.

맞아요. 제가 쇼핑을 좋아하지 않고, 물건을 쓰는 데 많은 시간을 할애하는 것을 비효율적이라고 여겨서요. 사람들은 돈을 벌고 저축하는 데만 고민이 필요하다고 여기지만, 저는 소비하는 데도 그만큼 고민할 시간이 필요한 사람이거든요. 휴가 때 입을 수영복이나 아이가 쓸 선크림 같은 소소한 물건을 고르는 것도 큰일이었죠. 요즘은 광고가 많은 브랜드가 상위에 뜨다 보니 원하는 제품을 찾기도 쉽지 않고요. 브론테에 팔지 않는 제품을 어쩔 수 없이 직접 쇼핑해야 할 때면 그 시간이 너무 아까웠어요.

Q. 하루를 오전, 오후, 저녁 시간으로 나눠 효율성을 높이는 분들도 많은데요. 평소 시간 활용은 어떻게 하나요?

인터뷰에 적합한 대답일지 모르겠지만, 저는 일과 육아를 뺀 나머지 시간을 모두 없앴습니다. 아이를 볼 때는 아이에게 집중하고, 아이를 보지 않을 때는 일에만 집중한다는 딱 두 가지 생각만 남아 있어요. 저에게는 일단 아이가 가장 중요하기 때문에 아이와 여가, 취미 같은 것들을 동일 선상에 놓을 수 없겠더라고요. '내가 할 일은 육아와 사업이다'라고 두 가지를 정해두고 집중하니 삶이 단순하게 정리되었어요.

잘하려는 대신 아이와 행복하게 나아간다

PART 2

사업력으로 쌓은 믿음을 육아에도 적용하기

Q. 2019년 오상진 아나운서와의 사이에서 딸 수아 양을 출산했습니다. 맞벌이를 하는 많은 부부들이 임신과 출산을 앞두고 육아에 대한 막연한 불안감을 느낍니다. 출산 전에 그러한 염려는 없었나요?

솔직히 그때는 잘 몰랐기 때문에 고민을 전혀 하지 않았어요. 아이를 처음 가졌을 때는 사업 초기 단계였고, 서점만 운영했던 때라 출산과 육아가 현실적으로 어떤 일인지 알기 어려웠죠. 덕분에 용기를 내서 아이를 낳을 수 있었고, 아이가 태어난 후에야 비로소 많은 것을 알게 된 것 같습니다. (웃음.)

Q. 아이가 태어나서 알게 된 사실 중 예상과 달랐던 점이 있다면 무엇일까요?

출산 전에는 육아에 대해 '어떻게든 되겠지'라고 막연하게 바라본 것 같아요. 아이가 하루를 어떻게 보낼지까지 제가 고려해야 한다는 사실을 몰랐죠. 아이가 어릴 때는 우유를 먹이고, 밤에 깨서 돌보는 것을 당연하게 받아들였습니다. 그런데 아이가 크면서 돌봄을 넘어 학교생활이나 교육, 성장 등 한 사람의 인생을 고민해야 한다는 점이 크게 다가왔어요. 아이의 인생에 대한 방향을 잡아줘야 한다는 책임감이 지금도 가장 다루기 어려운 부분 같아요.

Q. '만약 내가 아이를 키우지 않았다면 일에 더 몰입할 수 있었을 텐데'라는 생각은 한 번도 해본 적이 없나요?

아이가 생긴 후 업무에 대해 고민할 절대적 시간이 줄어들고, 체력적으로 힘든 것은 사실이에요. 하지만 정신적으로는 오히려 더 명확해져서 좋아요. 직장인일 때에는 온·오프가 잘 되지 않는 편이라 집에 와서도 소모적인 고민을 할 때가 많았지만, 엄마가 된 후에는 해야 할 일이 정확하니 집에서는 자연스럽게 업무에서 벗어나게 되거든요. 어차피 노트북을 열고 일할 시간도 없고요. (웃음.) 그러다 보니 사업을 하면서 아무리 심각한 일이 생겨도 강제적으로 집에서는 잊고 쉴 수 있게 되었는데, 이것이 저에게는 일과 삶의 균형을 잡는 데 도움이 되는 것 같아요.

잘하려는 대신 아이와 행복하게 나아간다

크게 걱정하지 않아도
아이는 잘 자랄 것이라는
믿음이 있습니다.

그래서 아이의 삶에
어느 정도까지 개입해야 할까를
고민하는 편입니다.

Q. 올해 아이가 초등학교에 입학한다니 고민이 많은 시기일 듯합니다. 현재 가장 고민이 되는 부분이 있다면요?

엄마로서 내가 아이의 삶에 어느 정도까지 관여해야 하는가에 대한 고민이 가장 큽니다. 아이가 학교에서 건강하게 잘 생활하고 방과 후 활동을 즐길 수 있게끔 해주면 되는 건지, 아니면 엄마가 아이의 삶에 완전히 몰입해 하루 종일 모든 것을 함께 계획하고 고민해야 하는 건지, 그 경계를 찾는 것이 요즘 가장 어렵습니다.

Q. 그런 고민을 하다 보면 자연스럽게 자신의 어린 시절을 돌아보게 되고, 과거에 받은 양육 경험이 아이에게 영향을 미치는 경우도 많은 듯합니다.

네, 저의 경우 어머니가 가정주부셨기 때문에 엄마가 늘 옆에 있는 것이 당연했어요. 그래서 저도 아이 옆에 붙어 있어야 할지 고민이 되지만 막연한 불안감으로 이어지지 않아요. 크게 걱정하지 않아도 아이는 잘 자랄 것이라는 믿음이 있습니다. 그래서 그보다 앞서 이야기한 것처럼 아이의 삶에 어느 정도까지 개입해야 할까를 고민하는 편입니다.

Q. 타고난 성향 탓에 육아에서도 불안감을 별로 느끼지 않는 걸까요?

그보다는 여러 사업을 하면서 생긴 긍정성인 것 같아요. 사업을 하다 보면 예측 불가능한 사고도 겪고, 통제할 수 없는 상황을 견뎌야 할 때가 많거든요. 그런 경험을 통해 사업과 육아가 동일하다고는 말할 수 없지만, 아이를 키우는 것과 비슷하다고 생각하게 됐습니다. 예를 들어 아이에게 문제가 생겼을 때, 특히 저와 떨어져 있으면서 정서적으로 힘들어하거나 심각한 상황을 겪을 때는 적극적으로 개입해 해결해야 한다고 생각합니다. 하지만 아이가 잘 자라고 있고, 행복해 보이고, 즐겁게 생활하고 있다면 굳이 나서서 불안을 만들지 않으려 노력합니다. 물론 노력은 하겠지만 저도 완벽할 수는 없고, 아이는 자신의 삶을 잘 찾아갈 것이라는 믿음을 갖고 있는 거죠. 그래서 저는 '엄마로서 할 수 있는 한 최선을 다하자'는 마음 정도로 육아에 임하고 있습니다.

잘하려는 대신 아이와 행복하게 나아간다

PART 3

나답게, 아이답게 성장하기

Q. 파트너인 오상진 아나운서의 책 『당신과 함께라면 말이야』를 보면 화목하고 자유로운 표현이 오가는 환경에서 성장한 이야기가 나오는데, 원가정에서 반면교사 삼을 만한 경험이나 아이에게 꼭 해주고 싶은 것이 있을까요?

아직 딸아이가 만 6세라 어리기도 하지만, 지금껏 공부를 잘해야 한다는 이야기를 해본 적이 없어요. 저의 어린 시절을 돌아보면 부모님과 대화는 많이 나눴지만, 무언가를 일방적으로 강요하시지 않았거든요. 부모님이 저의 학습 때문에 스트레스받는 모습을 보여주신 적도 없어요. 오히려 제가 스스로 학원에 보내달라고 요청했을 정도였죠. 나중에 아이가 입시생이 되면 어떻게 돌변할지 모르겠지만, 아이에게 스트레스가 되는 존재는 되고 싶지 않다고 생각합니다. (웃음.)

Q. 아이와 함께하는 시간은 양보다 질이라는 말에 동의하나요?

네, 전적으로요. 아이가 기억하는 엄마의 모습이 늘 찡그리거나 성적에 집착하는 모습이 아니었으면 합니다. 오히려 우리 엄마는 자기 삶에 최선을 다했고, 나를 정말 사랑했으며, 늘 노력하는 사람이었다는 인상을 가지길 바라죠. 그래서 주말에는 조금 피곤하더라도 아이와 함께 재미있게 놀아주고 좋은 기억을 만들어주려고 노력해요.

Q. 모녀 사이는 특별한 서사가 깃들어 있다고들 하죠. 어린 시절 어머니와 어떤 관계를 맺었나요?

저희는 사이가 좋았어요. 뭐랄까, 어머니는 너그러운 성격이셨고 오히려 제가 더 하고 싶은 것이 많은 적극적인 딸이었죠. (학습에서도) 제가 스스로 더 성적을 올리려고 욕심을 부렸던 것 같아요. 엄마가 밤에 "이제 좀 자라"라고 말씀하시면, 저는 "엄마가 자라. 엄마가 자는 게 내가 편하다"라고 말할 정도였으니까요. (웃음.) 어머니께서 많은 것을 도와주셨지만 제 인생을 끌고 가는 주체가 아니었기 때문에 언제나 사이가 좋았다고 생각합니다.

잘하려는 대신 아이와 행복하게 나아간다

Q. 그렇게 열정적이었던 딸이 이제 엄마가 되었습니다. 수아는 어떤 딸인가요?

어렴풋이 느끼기에 수아는 저와 반대 성향인 것 같아 억지로 밀어붙이지 않으려 해요. '더 잘하고 싶고, 더 많이 하고 싶은' 에너지를 사업에 쏟고 있어서 다행이에요. 만약 제가 이 모든 에너지를 육아에 쏟았다면 아이가 많이 힘들었을 것 같거든요. 지금의 균형이 참 좋다고 느껴져요. 몸은 힘들지만 모든 걸 쏟아내고 집에 돌아오면 아이와는 그저 행복하고 싶거든요. 아이에게 공부하라고 잔소리하지 않는 것이 저에게도, 아이에게도 좋은 영향을 주는 것 같아요.

Q. 인스타그램에 딸과 오상진 아나운서를 두고 '즈그들'이라며 질투 아닌 질투를 하는 글을 올리기도 했어요. 아무래도 딸이 아빠와 궁합이 더 잘 맞나 봅니다.

남편이 상대적으로 저보다 시간 활용이 자유로운 편이에요. 방송이 없는 날도 있고요. 아이가 어릴 때부터 엄마가 채워주지 못한 시간을 아빠가 많이 채워주려고 노력했죠. 많이 놀아주고, 함께 시간을 보내려고 신경을 쓰다 보니 아이로서는 아빠를 사랑할 수밖에 없는 것 같습니다.

Q. 육아 파트너로서 최고네요.

남편이 아이를 정말 잘 돌봐요.

Q. 가족 내에서 두 분의 역할이 어떻게 나뉘어져 있는지 궁금합니다.

저희는 누가 외조를 한다거나, 어떤 역할을 별도로 정해두고 있진 않아요. '이건 당신이 하고, 이건 내가 할게' 식으로 설거지 같은 집안일을 구분하지도 않고요. 남편이 아이를 진심으로 돌봐주는 것만으로도 충분한 외조를 하고 있다고 생각합니다. 제 사업을 직접적으로 돕지 않더라도, 아빠가 아이에게 충분한 사랑을 주고 있다는 사실만으로 마음이 훨씬 가벼워지거든요. 남편의 육아는 저에게 정말 큰 도움이 되죠. 사실 도움 정도가 아니라 남편이 매우 많은 역할을 해주고 있어요.

Q. 아이 교육이나 양육 등에 있어서 가치관 문제로 배우자와 다투는 일은 없나요?

전혀 없어요. 저는 선택의 문제라고 생각해요. 하루에도 수많은 사업적 결정을 내리는 사람으로서 결정은 곧 책임이라고 생각하거든요. 교육 방침을 저 혼자 정한다고 해서 되는 일이 아니라, 결국 아이 아빠와 함께해야 하잖아요. 그래서 서로 충분히 상의하고 남편의 의견을 존중하려고 노력해요. 덕분에 교육 문제로 의견이 달랐던 적은 거의 없었어요.

Q. 보통의 집안 풍경과는 조금 다른 양상이네요.

맞아요. 몇 년 전에 주변 이야기를 듣고 아이에게 한글 학습지를 시킨 적이 있어요. 보통 세 살쯤 시작해서 하루에 다섯 장씩 푼다기에 별다른 고민 없이 신청했죠. 그런데 아이가 한글을 빨리 깨쳤는데도 학습지를 너무 싫어하는 거예요. 왜 이걸 풀어야 하는지 이해하지 못하고 지겨워하는 모습을 보면서 처음에는 당황스러웠죠. 제가 보기엔 조금만 집중하면 다섯 장은 금방 풀 것 같은데 말이죠. 그러다 아이를 억지로 밀어붙인다고 될 일이 아니라는 걸 깨닫고 학습지를 없앴어요. 1년쯤 뒤에 다시 시작할 때는 하루 두 장씩 하는 것으로 바꿨는데, 그때는 즐겁고 수월하게 하더군요. 이 경험을 통해서 하루 종일 옆에 있어 줄 수 없는 만큼, 아이에게 강요도 하지 말아야겠다는 결심을 하게 되었습니다.

Social

진작할걸 그랬어

김소영 에세이

무너진

김소영

글고 씀

Q. 아이가 새로운 경험을 받아들일 준비가 되었는지 가늠하는 일은 쉽지 않은 듯합니다.

앞으로 더 어려워질 거라고 생각해요. 저는 제 기준을 아이에게 강요하지 않으려고 노력합니다. '이 정도는 해야지'라는 생각 자체가 아이에게는 폭력적일 수 있기 때문에 그런 기준은 저 자신에게만 적용하고, 아이에게는 강요하지 말아야겠다고 늘 다짐해요.

Q. 단단한 마음으로 육아하는 데 있어 주변 사람들의 이야기를 차단하는 게 좋은 방법일까요?

저의 경우, 좋은 정보는 많을수록 좋다고 생각해서 의견은 다양하게 들어보는 편이에요. "일곱 살이면 7세 고시를 준비해야 한다" 같은 정보를 듣지만 실천은 하지 않는 거죠. '요즘 이런 걸 하는구나' 정도로만 파악하고, '우리 아이는 그렇게 하면 너무 피곤해하니 학원을 길게 보내지 말아야겠다'라고 판단하는 식입니다. 결국은 내 아이에게 맞는 방법을 찾는 것이 가장 중요하다고 생각해요.

Q. 혹시 아이에게 하지 말라고 하는 것이 있다면 무엇이 있을까요?

꽤 많아요. 아이에게 스트레스를 주지 않는다는 것이 단순히 오냐오냐하며 키운다는 뜻은 아니에요. 예를 들어 부정적인 말투나 남에게 피해를 주는 행동, 식사 중 자리에서 돌아다니는 것 등은 단호하게 안 된다고 제재하죠. 이런 것들은 더 많은 것을 성취하기 위해서가 아니라, 사회의 일원으로 살아가기 위해 필요한 부분이라고 생각하거든요.

PART 4

아이의 행복에 집중하는 나만의 육아법

Q. 나와 닮은 아이가 세상에 태어나면 어떤 모습일지 한 번쯤 상상해본 적이 있나요?

실은 많이 해보지 않았어요. MBTI로 따지면 'N(직관형)'이 아니라서요. (웃음.) 막연한 상상보다는 아이를 가지면 '시간 관리를 어떻게 해야 할까?' '아이에게 얼마나 시간을 할애해야 할까?' 같은 구체적인 고민을 했어요. 그런데 사실은 잘 몰랐던 것 같아요. 앞으로 어떤 일이 벌어질지 알기 어려우니 일단 낳아놓고 부딪혀보자는 마음이었죠. 첫째 아이라서 더욱 그랬던 것 같습니다.

Q. 사서 걱정하지 않는 무던한 성격이 육아에는 최적이라는 생각도 드는데요.

네, 처음이어서 가능했던 마음 같아요.

만일 둘째*를 갖는다면 아는 것이 많아져서 머뭇거리게 될 것 같아요. 당연히 첫째 때는 '일과 병행하면 되지'라고 막연하게 생각했지만, 이제 육아의 현실을 너무 잘 알기 때문에 형제나 자매를 만들어주고 싶은 마음과는 별개로 '정말 쉬운 일은 아니겠구나'라는 생각이 먼저 듭니다.

Q. 남편을 제외하고 육아 커뮤니티를 포함해 도움을 받는 존재가 있나요?

커뮤니티 활동은 거의 하지 않아요. 아이가 양가 첫 손주이다 보니 부모님들이 자주 보러 오시고, 동생에게도 자녀가 있어 아이들끼리 자주 어울리거든요. 가족의 도움을 많이 받는 편입니다. 유치원 이후의 시간은 도우미분과 함께 시간을 보내고, 아이가 최대한 늦게 귀가할 수 있도록 미술 학원이나 인라인스케이트 같은 다양한 활동을 짜놓고 있어요. (웃음.)

Q. 애서가들은 문제가 생겼을 때 책 속에서 해결책을 묻곤 합니다. 아이를 키우면서 참고했던 육아서가 있나요?

육아 서적은 거의 읽지 않아요. 업무적으로 육아 관련 도

---

* 김소영 대표는 2025년 12월 5일 자신의 인스타그램 계정을 통해 둘째 임신 사실을 공개했다.

서를 큐레이션하거나 추천사를 쓰는 일은 많지만, 개인적인 육아 문제로 책을 찾아보는 경우는 드뭅니다. 책방 주인인 제가 육아서를 읽지 않는다는 것이 이상하게 들릴 수 있고, 다소 조심스럽기도 하지만 너무 많이 알면 엄마를 흔들리게 할 수 있을 것 같아서요. 그보다 아이에게 문제가 있는지 없는지, 지금 행복한지 아닌지에 집중하려 해요.

Q. 지금 내 아이에게 문제가 있는지 없는지는 어떻게 판단하나요?

지금 웃고 있나? (웃음.) 그걸 먼저 보죠. 그리고 최대한 대화를 많이 하려고 노력해요. 함께 보낼 수 있는 시간은 많지 않지만 유치원 생활은 어땠는지, 엄마가 늦게 왔을 때 심심하지는 않았는지, 학습지나 미술 학원 중 어떤 걸 가장 좋아하는지 순서를 매겨달라는 등 아이의 마음을 알 수 있는 질문을 많이 던져요. 또한 밥을 골고루 먹는 것이 중요하다는 걸 알지만, 어릴 때 아버지가 먹기 싫은 반찬을 억지로 먹이던 기억이 있어서 때로는 아이가 원하는 대로 먹게 두기도 합니다. 아이의 마음 상태에는 많은 관심을 가지지만 '이 나이 때는 이래야 한다'라는 정해진 기준에 얽매여 너무 깊게 신경 쓰지는 않으려 해요.

Q. 양육에 대한 정보 대신 내 아이에 대한 정보를 수집하는 데 집중하는 것이 더욱 현명한 선택처럼 느껴지네요.

양육에 대한 정보는 이미 차고 넘치기 때문에 추가로 수집하지 않는다는 표현이 더 맞을 것 같아요. 제가 굳이 책을 보지 않아도 이미 너무 많은 사람들이 아이를 어떻게 키워야 하고, 뭘 가르쳐야 하는지 알려주셔서 더 알려고 하지 않는 편입니다.

Q. 육아 서적 외에 아이와 같이 동화책을 읽는 활동은 자주 하나요?

네, 아이와 함께 책 읽는 것을 매우 좋아합니다. 여러 종류를 많이 읽기보다는 아이가 좋아하는 한 권의 책을 반복해서 읽는 경우가 많아요. 육아 서적보다는 저와 비슷한 일을 하며 육아를 병행한 분들의 인터뷰나 글을 찾아보는 편입니다. 다른 워킹맘들이 이 시기를 어떻게 보냈는지 궁금해서 찾아보게 됩니다.

Q. 스스로 읽을 책을 고르는 것만큼이나 아이에게 읽어줄 책을 고르는 일은 쉽지 않더라고요.

저에게도 어려운 일이에요. 제가 지양했던 부분은 아이가 책을 좋아하는지 아직 의사를 밝히지도 않았는데, 전집을 몇

십 세트씩 구매하거나 TV를 없애는 등 독서 환경을 억지로 만드는 일이었어요. 아이가 스스로 책을 좋아하게 되기를 바라기 때문에 집에 책을 많이 두지 않았죠. 대신 아이가 호기심을 보이거나 편안하게 느끼는 몇 권의 책을 반복해서 읽어주는 방식을 선택했어요. 아이가 좋아하는 책의 종류를 파악한 뒤, 그와 비슷한 책을 골라주면서 자연스럽게 아이의 관심사를 확장해나갔습니다.

Q. 오늘 가져온 동화책 『아빠 해마 이야기』와 『와일드 심포니』는 오상진 아나운서가 직접 번역에 참여했다고요?

다행히 아이가 책을 굉장히 좋아하는데, 특히 동물이나 엄마와 아기 캐릭터가 나오는 책을 선호해요. 남편이 원래 번역일을 하지 않는데, 기회가 닿아서 댄 브라운(Dan Brown)이나 에릭 칼(Eric Carle) 작품처럼 좋은 메시지를 담은 동화책을 번역하는 작업에 참여하게 됐습니다. 아이가 이 책들을 정말 좋아해서 닳도록 읽었는데요. 아직 번역이라는 개념은 잘 모르지만 아빠가 많이 읽어준 책이라고 생각해서 더 좋아하는 것 같아요. 저희 가족에게는 뿌듯한 추억이 담긴 책이죠. 특히 『아빠 해마 이야기』는 아빠가 아기 해마의 탄생과 성장에 얼마나 많은 역할을 하는지 보여주는 책이라 더욱 의미가 깊습니다.

Q. '돌봄' 혹은 '양육'이라는 단어를 들었을 때 어떤 장면이 떠오르나요?

『돌봄과 작업』에 실린 내용 중 정서경 작가님의 이야기가 떠오릅니다.

> "정말 아이에게 모든 것을 내주었다. 자고, 먹고, 씻고,
> 친구를 만나고, 영화를 보고, 거울을 보는 나 자신. 아이를
> 재우고 기진맥진해진 밤이면 아무것도 없이 텅 빈 가슴이
> 느껴졌다. 돌아보면 그 자리를 채운 것은 사랑이었다고
> 생각한다. 처음에는 이름을 붙일 수 없는 어떤 것이었다.
> 그 이후로 나는 중요하지 않은 시나리오는 쓰고 싶지
> 않았다. 진짜 사랑이 아닌 것은 쓰고 싶지 않았다."
> — 정서경 외,『돌봄과 작업』, 42~43쪽

제가 아이에게 모든 것을 쏟았는지를 생각하면 자신 있게 답할 수는 없지만, 진짜 사랑에 대해서 인식하게 된 계기가 되어준 문장입니다.

잘하려는 대신 아이와 행복하게 나아간다

걱정 많은 타조

스트레스나 마음의 상처를 받으면
타조는 땅속에 머리를 박아요.
다른 곳엔 없는
그곳에선 온전히 마음의 평화를 찾을 수 있죠.
그렇다고 땅속에 오래 있진 않아요.
친구도 만나고, 밥도 먹어야 하니까요.
땅속에서 보내는 시간 동안
타조는 다시 씩씩해져요.

전생에
좋은 기억이 많아
불만 없다

홍연길

#성찰과기록 #성장형아빠

회사원이자 서울 서대문구 홍연길에 살고 있는 4세 아이 은조의 아빠다. 중구 태평로 어린이집으로 매일 아침 등원 서비스를 제공한 뒤, 강남구 압구정로 회사로 출근하는 일상을 이어나가는 중이다. 십수 년간 한 회사를 다니다 2024년 한 해 동안 육아휴직을 했다. 말 잘 듣는 사람으로 살아온 인생에 있어서 나름 큰 일탈이었으나, 걱정과 다르게 아무 일도 일어나지 않았다. 오히려 내 안에서 일어나는 감정들을 다스리는 게 일이었다. 아이를 돌보며 완벽할 수 없는 나 자신을 자주 마주했다. 불안한 마음으로 꾸준히 썼던 육아일기가 가족의 보물이 되었다. 복직 후에도 일기는 성실히 쓴다. 시간이 없어서 새벽에 일어나서 쓴다. 그렇게 자신을 돌보며 버거운 시간을 다정하게 다독이며 산다.

'육아휴직'이라는 단어는 어쩌면 휴식보다
결심에 가까운 말일지도 모릅니다. 직장을 잠시 멈추고 아이와의
시간을 선택하는 일은 단순한 역할 교대가 아니라 삶의 방향을 다시
정립하는 일일 테니까요. 홍연길 님은 평범한 회사원이자, 4세 아이
은조의 아빠입니다. 1년간의 육아휴직을 결심하고, 아이와 함께 보낸
시간의 기록을 『주간성장기록』이라는 독립 출판물로도 남겼습니다.
불안과 시행착오, 죄책감과 성찰, 그리고 그 안에 담긴 작고 따뜻한
순간들. 그 모든 날들을 글로 붙잡아 자신을 다독이며 지나온 그의
이야기는 완벽하지 않아도 괜찮다고 말하는 다정한 기록입니다. 육아의
한가운데에서 고군분투하는 양육자들에게 이 이야기가 조용한 위로와
연결의 신호가 되기를 바랍니다.

에디터 손현 | 사진 윤미연

PART 1

물음표와 느낌표 중간에서
육아휴직을 쓰다

●

Q. 간단한 소개를 부탁드립니다.

아내와 생후 35개월이 지난 딸 은조(2023년 1월생)와 함께 살고 있는 홍연길입니다. 직장에서는 마케팅 부서에서 근무하다가 2024년 한 해 동안 육아휴직을 사용했고, 최근 IT 기획 부서로 복직했어요. 육아휴직 경험을 기록한 육아일기를 독립 출판물로 발간하기도 했습니다. 휴직하는 동안 서대문구 홍연길에서 자주 시간을 보내서 '홍연길'이란 이름의 인스타그램 계정(@hongyeongil_seoul)을 운영 중이에요.

Q. 언제부터 육아휴직을 써야겠다고 다짐했나요?

아내가 임신했을 때부터요. 그 생각을 굳히기까진 시간이 좀 걸렸어요. 겨우 돌 지난 아이를 어린이집에 맡기기에는 아직 어렸고, 부모님의 도움을 받지 않고 둘이서 해보기로 결정한 것도 있었거든요. 그래서 제가 바통 터치를 해야겠다고 다짐했어요.

Q. 그래도 1년씩이나 휴직하는 게 쉽지는 않았을 텐데요.

앞서 육아휴직 경험이 있는 분들의 말을 들어보면 6개월도 금방 지나간다는 이야기를 많이 접했어요. 동시에 일을 쉬면서 스스로를 돌아보고 싶은 마음도 있었기에 조금 길게 잡았습니다.

Q. 실제로 자신을 돌아볼 시간이 있었나요?

전혀요. 오히려 시간이 더 없어진 것 같아요. 시간을 쓰는 개념도 아예 달라졌고요. 전 원래 매우 촘촘히 시간을 계획하고 쓰는 사람이었거든요. 여행 갈 때에도 분 단위까지는 아니어도 계획을 짜야 안심하는 스타일이었는데….

Q. 소위 '파워 J형'이군요.

감히 대한민국에서 손꼽히지 않을까 싶을 정도로요. 그런데 육아하면서 많이 바뀌었어요.

전생에 좋은 기억이 많아 불만 없다

Q. 육아하다 보면 내 뜻대로 되는 게 거의 없잖아요. 1년의 공백 동안 회사생활에서 뒤처질 수도 있다는 불안은 없었나요?

'육아휴직을 쓰면 나를 안 좋게 보겠지'라는 생각들이 저를 불안하게 했어요. 승진 누락이라든지, 부정적인 평판이 생길 수도 있고요.

Q. 육아를 위해 휴직하는 건데, 평판은 나아져야 하지 않나요?

저와 별다른 이해관계가 없다면 그렇겠죠. 같은 팀원이라면 제 공백으로 인해 새로운 일이 늘어날 수도 있으니 조심스러웠어요. 아무도 저에게 뭐라 하지 않았지만 괜히 미안하고 약간 죄짓는 느낌이랄까요?

Q. 회사 동료들의 반응은 어땠나요?

대체로 우호적이었지만 육아휴직 이야기를 꺼냈을 때, 동료들 표정이 물음표와 느낌표 중간에 있었어요. 제가 설득해야 하는 것 같아 어느샌가 변명을 하고 있더군요. 그러다가 휴직 처리가 진전되고 나서는 당당히 이야기했습니다.

PART 2

"아빠는 이 길이 기억에 많이 남을 것 같아"

Q. 어렵게 쓴 육아휴직, 직접 경험해보니 어땠나요?

초반에는 아내랑 많이 다투기도 했어요.

Q. 왜요?

당시 복직까지 한 달이 남은 배우자와 아이, 저까지 셋이서 1월에 보름 넘게 여행을 했어요. 24시간 동안 세 식구 내내 붙어 있는 건 처음이었는데, 주 양육자였던 배우자가 저에게 인수인계하는 과정에서 약간의 투닥거림이 있었어요. 아내 입장에서는 제가 걱정됐을 테고, 저는 제 방식대로 육아를 하고 싶은데 잔소리처럼 느껴졌거든요. 지나고 보니 자연스러운 과정이었지만요.

Q. 아이와 단둘이 있으면서 기억나는 장면도 있나요?

2월 중순으로 기억해요. 설 명절을 마치고 집으로 돌아왔는데 하필 보일러가 고장 나 있었어요. 아이는 울고, 저는 아이 기저귀를 갈아줘야 하는데 따뜻한 물이 나오지 않으니 걱정되고. 그러면서 보일러 수리 기사한테 연락은 해야 하는데 이것들을 동시에 하자니 정신이 하나도 없더라고요. 은조한테 처음으로 화를 냈어요. 그날 밤늦게까지 죄책감에 시달렸던 기억이 나요.

Q. 정말 쉽지 않으셨겠어요.

풀타임 육아 현장에 홀로 떨어진 셈인데, 현장에서는 사소한 일도 알아서 판단하고 결정해야 진행이 되잖아요. 그렇다고 제가 아내한테 일일이 결재를 올릴 수 있는 상황도 아니고요. 혼자서 이것저것 해보면서 예상한 것보다 힘드니 이게 맞나 싶더군요.

Q. 시간이 지나면서 아이를 돌보는 기술이 늘었나요?

그 후로도 우당탕탕 시행착오를 겪은 과정은 많았어요. 제가 실수해도 아이는 괜찮더라고요. 육아를 잘 해내고 싶었던 욕심과 달리, 정반대의 사례가 쌓이면서 자연스러워졌어요. 진정한 육아인이 된 기분이 나름 좋더군요.

똥을 이렇게 자주 싼다고?

기저귀를 갈고
아기띠 위에 앉히고 나면
어김없이 내 과민성
대장 증후군이 찾아왔다.

"돌겠네."

외출 준비를 마치면 어김없이 은조의

기저귀가 부풀어 올랐다. "똥을 이렇게 자주 싼다고?"

내가 읊조린 육아휴직 기간의 첫 혼잣말이었다.

다년간 회사생활을 통해 터득한 스킬을 꺼냈다. 정신

승리. 밖에서 그러지 않았음에 안도하기로 했다.

"효녀구만." 두 번째 혼잣말이었다. 문제는 예약된 시간에

늦을 것 같은 초조함까지는 컨트롤하지 못했다는 점이다.

기저귀를 갈고 아기띠 위에 앉히고 나면 어김없이 내

과민성 대장 증후군이 찾아왔다. "돌겠네."

세 번째 혼잣말이었다.

— 홍연길, 『주간성장기록』, 「5주 차: 신입 사원」 중

Q. 시간을 쓰는 방식도 달라졌을 것 같아요.

계획하거나 결정하지 않는 시간이 갑자기 주어지면 이제
는 뭐라도 빠르게 몰입해서 처리하는 편이에요. 몰입하려면
웜업 시간도 필요했는데 더 이상 그런 여유는 없잖아요. 예전
에는 일기를 쓰더라도 제가 원래 쓰던 노트 또는 마음에 드는
다른 노트 등을 고르곤 했지만 이제는 눈앞에 보이는 종이에
바로 쓰는 식으로 바뀌었어요.

Q. 원래부터 평소에 글을 써왔나요? 육아하는 모든 사람들이 육아일기를 쓰는 건 아니잖아요.

본격적으로 뭔가를 쓰는 건 아니지만 10년 정도 간단하게라도 기록이나 메모하는 건 좋아했어요. 좋아한다기보다 안 쓰면 불안해서 그랬을 수도 있고요.

Q. 육아일기를 쓴 계기는요?

아이가 자는 동안 어쩌다 보니 계속 일기를 쓰기 시작했어요. 육아일기가 쌓이다 보니 독립 출판물로 엮을 수 있겠다는 생각이 들더군요. 쉬는 시간에는 거의 일기를 썼어요.

Q. 육아일기를 쓰려고 육아휴직을 썼군요.

나중에는 '이거 뭔가 바뀐 것 같은데' 싶더군요. (웃음.)

Q. 일기 쓰기의 효용이 뭔가요? 스트레스를 해소하는 다른 방법들도 있잖아요.

운동을 할 수도 있고, 술을 마실 수도 있겠죠. 결국 제가 찾은 방법은 일기 쓰기였어요. 일기를 쓰는 동안 하루를 돌이켜 보면서 스스로에게 몰입하다가, 또 어느 순간 버드뷰처럼 원거리에서 바라보기도 해요. 그 과정이 제 불안을 많이 감소

전생에 좋은 기억이 많아 불만 없다

~ 여행 하는 비결).-

이즈미상네 여행 (24. 7. 12 (金) ~ 7. 13 (土)
いずみとの . おおとか

새벽같이 일어나서. 택시타고 DMC. 지하철타고 강호.
트라이스 봉. 게이트앞 파스쿠치에서 샌드위치
(열차값이 은근 3~4실안쿨)
간사이공항 내려 빠르게 액세스. 기저치걸고.
린쿠타쿈으로. (또가틈. 기내수하물×)
역에서 300¥에 짐맡길수있는 중국업체 찾음.
가벼운 걸음으로. 스노우피크 (애기의자. Quick D
바지)
└ 밥부터 린쿠타쿈식당. 돈코 (서츠 2번씩).
(라멘육동, 만쿄등). → 액도틴드 아이스크림.

온천 셔틀버스 부르기 전화로 성공!!
온천 갔더니 스크이! 여기서 밥떡가...

시켜줬어요.

Q. 특별히 기억나는 일기도 있나요?

은조가 아직 말도 못 할 때였는데 동네를 걷다가 "은조야, 이 길이 아빠는 기억에 많이 남을 것 같아"라고 말한 날이 떠올라요. 별다른 이벤트 없이 평범한 날이었죠. 그냥 이런 이미지들이 기억에 많이 남아 있어요. 거꾸로 버거운 날도 지나고 나면 다 덤덤해지고요. 저의 육아휴직 1년을 하나의 그림으로 그린다면 어떤 사건이라기보다 순간순간 느꼈던 감정들의 총합인 것 같아요.

Q. 휴직 동안 아이를 데리고 다니며 서대문구 홍연길의 카페나 음식점 사장님과도 많이 친해졌다고요.

동네 카페나 음식점 사장님들과 은조가 많이 친해졌어요. 생각해보니 은조한테는 여기가 고향이겠더라고요. 포틀럭 반찬 나눔 파티가 열린 카페에 자주 가게 됐는데, 나중에 사장님께서 이런 말씀을 해주셨어요. 혹시나 급한 일 있으면 연락하라고요. 그 가게가 은조가 다니던 어린이집과도 가까웠거든요. 말씀만으로도 감사하고 든든한 마음이었어요.

PART 3

육아일기,
실패와 성찰 그리고 회복의 기록

Q. 일기장에 쓸 법한, 그것도 아이와의 육아일기를 외부에 공개한 이유는 뭔가요? 브런치에 매주 수요일마다 연재하는 걸 보면서 프로젝트에 성실히 임한다는 인상도 받았거든요.

저는 제가 혼자 잘 노는 사람인 줄 알았어요. 회사 다니다 보면 사람 사이에 부대끼는 게 지긋지긋할 때가 있잖아요. 그런데 막상 아이와 집에 혼자 있으려니까 말도 안 통하고, 사람이 그립더라고요. 다시 세상과 연결되고 싶다는 생각이 들었는데, 육아일기를 읽어주시는 분들 덕분에 육아도 덩달아 재미있어지는 듯한 느낌도 들었어요.

Q. 육아나 집안일은 내가 아무리 열심히 해도 피드백을 받기 어렵죠.

개인적으로 이런 표현을 싫어하는데요. 휴직하는 동안 제가 아내에게 바가지를 긁은 것 같아요. 육아에 대한 피드백은 없고 이런 감정을 토로할 곳도 없으니 계속 스트레스만 쌓였거든요. 돌이켜 보면 아내에게 미안해요. 다행히 아내가 맞불을 놓는 대신 저를 잘 포용해줘서 크게 다툰 적은 없었어요.

Q. 배우자와의 관계는 나아졌나요?

아이가 어린이집에 다니기 시작하면서, 하루는 제가 아내 직장 근처로 점심을 먹으러 간 적이 있어요. 단둘이 밥 먹다가 저도 모르게 이렇게 말했어요. "오랜만에 이렇게 대화하네." 밥 먹는 게 쑥스러웠다고 해야 할까요? 아내 회사 앞이니 손잡기도 어색했죠. 그래도 아내와 점점 시간을 들여 의식적으로 대화하면서 사이가 많이 좋아졌어요. 예를 들어 금요일 밤에는 와인이라도 한잔하는 식으로요.

Q. 아내에게 휴식을 주고 은조와 둘이서 공동육아 모임에 간 적도 있다고요.

가끔은 공동육아가 답인 것 같기도 해요. 어느덧 은조랑 친하게 지내는 또래 아이들도 늘었어요.

전생에 좋은 기억이 많아 불만 없다

Q. 공동육아의 어떤 점이 좋던가요?

아무래도 어른 하나가 아이 하나 보는 것보다 어른 열 명이 아이 열 명과 있는 게 여러모로 더 낫더라고요. 그리고 내심 은조가 또래 집단에서 어떻게 노는지 궁금하기도 했어요. 친구들과 노는 모습을 엿보니 본인도 즐거워하는 게 느껴지고요.

Q. 양육자끼리도 정보 교류도 하나요? 저도 공동육아 경험이 있긴 한데, 막상 차분하게 대화할 여유는 없더라고요.

정신없는 와중에 클럽에서 만난 것처럼 잠깐 얘기하고 떨어지는 맛이 있어요. 이건 뭐 스몰토크도 아니고, 나노 스몰토크 수준? (웃음.) 처음에는 저도 어색했는데 그런 분위기에 익숙해졌어요.

Q. 만약 아이가 없다면 어땠을지 상상해본 적 없어요?

흔히들 아이 없던 시절을 전생 같다고 표현하잖아요. 아이와 함께 살면서 좋은 면도, 그렇지 않은 면도 비교할 수 있겠지만 일단 상상이 잘 안 돼요. 현재 아이와 같이 사는 생활에 적응했을 수도 있고, 지금의 삶에 만족하고 있어서요.

Q. 1년의 육아휴직을 마치면서 어떤 감정이 들었나요?

제가 계획적인 사람이라고 말했잖아요. 그동안 저는 하고 싶은 걸 조금 덜하고 조금 더 버티면 나중에 더 큰 보상이 있을 거라 생각해왔어요. 육아휴직을 써야만 하는 상황이라고 했지만, 실은 제 의지로 하고 싶은 이유도 있었거든요. 그렇게 결정 내리고 은조를 키우면서 1년을 살아보니, 그 시간을 낭비했다는 생각은 전혀 들지 않고 후련했어요. 지금 은조랑 같이 있는 시간은 저축했다가 꺼내 쓸 수 없으니, 이렇게 붙어 지내는 시간이 오히려 투자라고 생각해요.

주저리주저리 말을 돌리고 있지만 아내에게 꼭 한마디 하고 싶다. 올해 정말 고마웠다. 버티어주어서 감사하다는 인사를 건넨다. 휴직 기간 동안 가장 많이 떠올린 사람은 과연 아내였다. 작년에 외로웠을 거라 짐작은 했었다. 직접 겪어보니 짐작만 했던 게 미안해졌다. 그럼에도 의지를 했다. 때때로 징징대며 바가지까지 긁었다. 솔직히 앞으로는 절대 안 그러겠다는 약속은 못한다. 다만 내가 양심이 있는 인간이라면 신의성실의 원칙에 따라 행동할 것을 다짐한다. (…)
끝으로 올해 가장 많은 시간을 함께 보낸 사람, 우리

전생에 좋은 기억이 많아 불만 없다

딸, 은조에게도 편지를 남긴다. (…) 아빠가 한 기록들이 너에게 쓸만한 로우데이터가 될 수 있다면 바랄 게 없겠다. 너의 인생으로 계속해서 덧칠해나갔으면 한다. 그 개정판이 기대된다. 옆에서 늘 응원해줄게. 편지도 자주 써줄게. 맛있는 것도 많이 사줄게. 우리 지금처럼 산책 자주 하자. 은조야 정말 사랑한다. 한 해 동안 공들여 쓴 일기의 마지막 문장인데, 막상 별다른 미사여구가 생각나지 않는구나.

— 홍연길, 『주간성장기록』, 「52주 차: 계주가 아닌 산책, 12월」 중

PART 4

솔직한 아빠로 남고 싶다

Q. 복직 후의 일상은 어때요?

복직 후 새로운 일상에 적응하는 게 쉽진 않았어요. 다행히 저희 부부 둘 다 유연 근무제라서 등원과 하원을 번갈아가며 맡고 있어요. 초반에는 일과 육아를 병행하며 꾸역꾸역해내는 느낌이었는데, 반년이 지나고 나서야 이 시스템에 적응했어요.

Q. 염려하던 것처럼 직장 동료들의 인식 변화도 있었나요?

휴직 때문은 아니고 정기 인사 때문에 부서가 바뀌긴 했어요. 유연 근무제를 쓰면서 혼자서 괜히 압박을 받느라 가끔은 화장실도 안 가고 열심히 일해야지, 싶었는데 다들 저에게 큰 관심은 없더라고요. (웃음.) 그 무관심 덕분에 또 잘 적응하고 있습니다.

Q. 조직이라는 곳이 늘 본인 업무로 바쁘잖아요. 일하는 방식은 어떤지도 궁금해요.

일을 본격적으로 시작하기까지 시간이 좀 걸리거나 고민을 많이 하는 편이었는데, 육아휴직 경험 덕분에 이제는 실행에 중점을 두는 쪽으로 바뀌었어요. 고민할 시간도 없거니와 일단 부딪히면서 계속했을 때 결과물이 더 좋기도 하더라고요.

Q. 엄청 큰 변화네요. 예전만큼 야근하거나 저녁 약속을 잡기도 어렵겠어요.

야근은 거의 못 하고 평일에 종종 있던 술자리도 많이 멀어졌어요. 다음 날 제가 아이를 등원시켜야 하는 경우도 있으니까요.

Q. 그런 일상이 그립거나 아쉽진 않나요?

전생에 좋은 기억이 있으니까 불만은 없습니다.

Q. 다시 육아휴직을 쓰게 되면 시간을 다르게 보낼 생각인가요?

아니요. 그냥 거의 똑같이 쓸 거예요. 아이에게 시간을 쓰는 게 제일 좋은 것 같아서요.

Q. 아빠가 육아휴직을 쓰는 비중이 전보다 높아지긴 했지만 대한민국은 현재 30% 수준*으로 여전히 다른 나라보다 낮아요. 아빠 육아휴직자가 늘어나려면 무엇이 개선되는 게 좋을까요?

다른 자료를 본 적도 있어요. 아빠들에게 육아휴직을 망설이는 이유를 물었는데 소득 감소 등 경제적 이유는 2위이고, '육아휴직 사용으로 인해 인사고과, 승진 등 인사상 불이익을 받을 우려'가 1위**더라고요. 타인의 시선 때문에 휴직을 망설인다고 해서 놀랐어요. 하지만 저 역시 처음에는 비슷한 심정이었으니 공감도 갔고요. 이걸 무시할 순 없으니까.

Q. 왜 다들 타인의 시선을 두려워할까요?

이건 한국 사회 전반의 문제 같아요. 경쟁이 워낙 치열하니 언제든 뒤처질 수 있다는 불안, 완벽해 보여야 한다는 강박이 기저에 깔려 있어요. 그럴수록 다양한 삶의 양상이 나오면 좋겠어요. 그렇다고 그게 막 대단한 결정일 필요는 없다고 생각해요. '이렇게 사는 사람들도 있구나' '이렇게 아이를 키

---

* 고용노동부가 2025년 2월 발표한 자료에 따르면 2024년 육아휴직을 사용한 사람 중 남성의 비율은 31.6%로 최초로 30%를 넘었다. 한편, 2020년 기준 독일의 아빠 육아휴직률은 43.7%에 달한다.

** 출처: 민주노동연구원, 「남성 노동자의 육아휴직 사용 격차와 차별」 (2024.3.7.)

우는 부모도 있구나' 정도. 사회 전반에 다양한 사례가 공유되어야 해요.

Q. 저도 동의해요.

남성의 육아휴직 사례도 점점 늘어나면 좋겠어요. 지금은 '아빠' 육아휴직에 방점을 두지만, 언젠가 그냥 육아휴직 사례 중 이렇게 키우는 아빠, 저렇게 키우는 엄마, 이런 식으로 동등한 비중으로 가야 더 건강한 사회가 아닐까요?

Q. 육아휴직을 망설이는 분들께 전하고 싶은 말이 있다면요?

물론 가정마다 상황이 다르고, 경제적인 이유도 분명 있을 거라 조심스럽긴 해요. 저 역시 어떤 선택을 내릴 때 늘 머릿속으로 대차대조표를 그려보게 되거든요. 그런데 이 시간이 꼭 손해만은 아니니 한번 해보는 것도 나쁘지 않다고 말씀드리고 싶어요. 개인적으로는 저 역시 아이와 더불어 성장하는 동시에 가족을 위해 투자할 수 있는 좋은 계기였어요. 어찌 보면 아내도 그 덕분에 경력이 단절되지 않았고요. 또한 저 같은 회사원이 계시다면, 동료들은 내가 생각하는 것보다 나한테 관심이 없으니 지레 걱정하지 않으셔도 좋을 것 같아요.

전생에 좋은 기억이 많아 불만 없다

Q. 마지막으로, 은조한테 어떤 아빠로 기억되고 싶은가요?

음, 그 전에 아내가 저에게 보냈던 메시지를 소개하고 싶어요.

Q. 어떤 건데요?

(아내의 메시지를 보여줬다.)

"좀 더 그냥 대충인 아빠가 되어봐.

완벽할 필요가, 아니 완벽할 수도 없고.

유니콘 아빠가 세상에 어딨어.

은조한테는 그냥 웃기고 재밌는 아빠,

디테일을 잘 봐주고 다정한 아빠.

그게 당신이고."

— 아내의 메시지

은조에게는 솔직한 아빠로 기억에 남으면 좋겠어요. 설령 화를 내면 "화내서 미안해. 아까 아빠는 기분이 이랬어"라고 말하고 사과해요. 여전히 좋은 아빠가 되고 싶고, 다정하단 말도 듣고 싶긴 해요. 완벽해 보이고 싶은 욕망이죠. 하지만 제가 어느 시점에서 고장 나거나 아이한테 화내면 아무 의미도 없어요. 그건 아이한테 가면을 쓴 거니까요.

Q. 맞아요, '완벽한 아빠'란 환상이죠.

완벽을 추구한다는 건 바꿔 말하면 그냥 불안하고 무서운 게 많다는 의미이기도 해요. 처음에는 저의 이런 기질이 어디서 기인했을까 생각해봤는데, 막상 유년 시절에 어떤 계기가 있진 않더라고요. 요즘에는 '내 기질이 이렇구나' '내가 이렇게 태어난 사람이구나'라고 받아들이고 인정하려고 해요. 이 하드웨어를 가지고 어떻게 하면 더 잘 살아볼 수 있을지 고민하면서 일기를 써요. 가면을 벗고 솔직해지고자 노력 중인데, 육아를 하면서 점점 그 껍질을 벗고 있습니다.

육아에는
확신도,
정답도 없다

박란희

#균형과성장 #생존형워킹맘

대학교 3학년과 고등학교 2학년 두 딸을 둔 엄마이자 ESG 전문 미디어 스타트업 '임팩트온'의 대표. 조선일보 기자로 10년간 근무한 뒤 첫 번째 재정비 시기를 거쳤고, 이후 환경재단의 기획위원과 조선일보 공익 섹션 '더나은미래'의 편집장으로 10년간 일하며 임팩트, 기부, 사회 공헌 등 공익 분야로 활동 반경을 넓혔다. 두 번째 재정비 기간을 지나 2020년에 임팩트온을 창업하며 제3의 인생을 시작했다. 아이들이 어릴 적부터 목동에서 워킹맘으로 살아오며 일과 육아의 균형을 맞추기 위해 분투해왔다. 누구보다 바쁜 일상을 보내면서도, 아이마다 고유한 기질이 있다는 점을 늘 인식하고 매 순간 진심으로 다가가는 것만이 양육의 열쇠라고 믿으며 두 아이를 키웠다.

아이가 자라는 과정은 신비롭습니다. 흥미로운 점은 부모 역시 그
안에서 함께 성장한다는 사실입니다. 1인분 이상의 몫을 감당하며
시간 관리에 더욱 힘쓰고, 아이를 대하는 자신의 모습을 되돌아보기도
하니까요. 이렇듯 양육자이기에 겪는 변화는 어쩌면 육아가 건네는 또
한 번의 성장점일지도 모릅니다. ESG 미디어 스타트업 '임팩트온'의
대표 박란희 님은 20년 넘게 워킹맘으로 살아오며, 두 아이와
함께 자신도 끊임없이 성장했다고 말합니다. 일과 육아 모두에
최선을 다했지만, 동시에 '너무 잘하려고 애쓰지 말자'는 다짐도
놓지 않았습니다. 이 모순 사이에서 균형을 찾아가는 태도야말로
양육자들에게 꼭 필요한 메시지가 아닐까 싶습니다. 정답을 찾기보다
진심으로 하루하루 성실히 살아가는 일. 그 이야기 속에서 각자의 양육
열쇠를 발견할 수 있다면 좋겠습니다.

에디터 박혜강 | 사진 윤미연

PART 1

아이가 어릴 때에만 허락되는 시간이 있다

Q. 2015년에 『워킹맘 생존육아』라는 책을 냈어요. 그때 첫째가 초등학생, 둘째는 유치원생이었죠. 어느덧 11년이 지나 첫째가 대학교 3학년, 둘째가 고등학교 2학년이 됐어요. 학부모로서는 '졸업'을 앞두고 있는 셈인데, 감회가 어떤지 묻고 싶네요.

아직도 잊지 못하는 순간이 있어요. 어느 일요일이었는데 첫째는 친구를 만나러, 둘째는 학원에 갔어요. 남편은 일 때문에 외출했고요. 그토록 오랫동안 바라던 '아무도 없이 혼자 보내는 하루'가 왔는데, 좋으면서도 약간 허탈한 거예요. 여러 감정이 복합적으로 밀려왔어요. 요즘은 온 가족이 함께 밥을 먹는 시간도 주말에 한 번 내지 두 번이에요. 좋은 점은 저녁이나 주말에 온전히 제 시간을 쓸 수 있게 되었다는 거죠. 여하튼 이 인터뷰를 보시는 양육자들에게 말씀드리고 싶네요. 끝은 옵니다! (웃음.)

Q. 2015년에는 조선일보 공익 섹션 '더나은미래'의 편집장으로 일하는 중이었죠? 이후 재정비 기간을 거쳐 ESG 전문 미디어 스타트업 '임팩트온'을 창업했어요. 아이들이 한창 클 무렵이라 창업을 선택하기가 쉽지 않았을 것 같은데 어땠나요?

회사가 합병되면서 커리어상 두 번째 재정비 기간을 갖게 됐어요. 창업할 당시 첫째가 고등학교 1학년이고, 둘째가 초등학교 5학년이었죠. 오히려 아이들이 꽤 자라서 이제는 엄마의 손길이 전보다 덜 필요한 시기라는 생각이 들더라고요. 제가 하고 싶었던 일들을 다 마무리하지 못한 채 회사를 그만뒀던 터라 용기를 냈어요. 다시 그 시기로 돌아가 창업을 하라고 하면 절대 못 할 것 같지만요.

Q. 같은 워킹맘이라고 해도 직장인과 창업자는 입장이 다를 것 같아요.

꽤 달라요. 시간적으로는 직장에 다닐 때보다 창업 후가 좀 더 자유롭긴 해요. 하지만 창업은 성과가 훨씬 중요하죠. 성과가 안 나오면 문 닫아야 하잖아요. 정서적으로도 부침이 크고요. 가끔 아이가 어린 엄마들이 창업에 대해 상담하러 오는데, 저는 일단 말리는 편이에요. 창업하면 시간을 자유롭게 쓸 수 있어서 좋을 거라고 기대하지만 정신적으로 정말 쉽지 않거든요. 아이와 함께 있는 시간이 많다 해도 질이 매우 떨어질 수 있어요. 오히려 직장에 다니면 예측 가능하게 시간을 쓸 수 있으니 아이와 규칙적으로 함께할 수 있잖아요.

Q. 첫째 아이를 낳은 지 20년이 더 지난 셈인데요. 그 시절을 돌아본다면 자신에게 어떤 조언을 해주고 싶나요?

제 어머니가 '여자도 반드시 일을 해야 한다'는 가치관을 가지신 분이라서 저도 사회에서 성취를 이루거나 기여해야겠다는 마음이 컸어요. 그래서 아이를 낳아도 계속 일해야 한다는 기준은 비교적 명확했죠. 다만 그때는 경험이 많지 않아 직장이 사라지면 일이 끝긴다고 생각했어요. 그래서 출산하고 딱 2개월만 쉬고 바로 복귀했죠. 당시만 해도 육아휴직을 자유롭게 쓰는 분위기가 아닌 데다가, 경력이 단절될까 봐 두려움이 컸거든요. 그런데 돌이켜 보면 직장에 꼭 매이지 않아도 괜찮았을 것 같아요. 결국 네다섯 번의 이직을 거치면서도 콘텐츠를 만들고 글 쓰는 일을 계속하고 있으니까요. 좋아하고 잘할 수 있는 일이 있다면 멀리 보고 결정해도 된다고, 지금이 아니면 할 수 없는 일에 집중하는 시간도 필요하다고 말해주고 싶어요.

육아에는 확신도, 정답도 없다

Q. 요즘은 육아휴직을 적극적으로 쓰는 분위기이긴 하지만, 여전히 '빨리 일의 현장으로 돌아가야 한다'는 심리적 부담도 존재하는 것 같아요.

시간을 되돌린다면 저는 무조건 육아휴직을 다 쓸 것 같아요. 아이들은 계속 자라잖아요. 아이가 어릴 때만 허락되는 시간이 분명 존재하기 때문에 일과 다른 기준으로 바라볼 필요가 있어요. 제가 운영하는 회사는 작은 스타트업이지만 남녀 불문하고 육아휴직을 쓰라고 권해요. 얼마 전에도 첫아이를 얻은 남성 직원에게 육아휴직을 다녀오라고 이야기했어요. 이것만큼은 기업에서 꼭 보장해줘야 한다고 생각하고요.

Q. 그렇게 일과 육아를 병행하다가 첫째가 어릴 때 2년 정도 전업주부 생활을 했었다고요. 당시의 경험이 이후 양육에 어떤 영향을 주었나요?

육아의 전 과정을 온전히 경험해보니 책임이라는 감각이 완전히 다르게 다가오더군요. 말하자면 제가 육아의 PM(Project Manager)인 셈이잖아요. (웃음.) 세끼 식사를 챙기는 일만 해도 그래요. 이건 복잡한 기획력과 실행력이 요구되는 과업이에요. 메뉴 선정, 장보기, 재료 손질, 요리, 밥 차리기, 설거지, 남은 재료 손질 및 보관, 음식물 처리 등 과정을 쪼개면

끝도 없죠. 아이와 놀아주거나 씻기는 것처럼 발달과 관련한 모든 활동도 '나의 일'이 되기 때문에 부분 참여자나 관찰자일 때와는 다른 접근 방식이 필요하다고 느꼈어요. 그래서인지 워킹맘으로 돌아가서도 육아의 전체 사이클을 고려하면서 어떤 부분을 채워줘야 할지 더 잘 판단할 수 있게 된 것 같아요.

Q. 둘째가 초등학생일 때 1년 정도 미국에 다녀왔다고 했는데, 그 시간은 어땠나요?

평소 아이들에게 시간을 충분히 쓰지 못한 아쉬움을 이 기간에 다 달랬어요. 언제든지 아이들에게 내세울 수 있는 강력한 한 방이었달까요. (웃음.) 남편의 방학 기간에는 무조건 자동차를 타고 국립공원 투어를 다녔어요. 미국 50개 주 중 40개 주를 넘게 돌아다녔으니 얼마나 열심이었겠어요. 여행하면서 냄비밥도 해 먹고, 온갖 종류의 사건 사고도 경험했으니 저희 가족은 이 이야기로 평생 추억을 쌓은 셈이죠. 돌아와서 사진책을 만들었는데 세 권 분량이 나오더라고요.

육아에는 확신도, 정답도 없다

PART 2

정답을 찾는 대신
함께 돌보는 관계로 나아가기

Q. 『워킹맘 생존육아』를 보면 "일과 육아를 병행할 때 두 가지 모두 완벽할 수 없다는 걸 받아들여야 한다"라는 글이 나옵니다. 완벽하지 않아도 괜찮으려면 각 영역에서의 우선순위가 명확해야 할 텐데요.

변화가 필요할 때마다 제 시간과 에너지가 어디에 어떻게 쓰이고 있는지 분포도를 그려봤어요. 전체 생활을 100이라고 가정하고, 큰 동그라미를 그린 뒤 그 안에 '엄마'로서 할애할 수 있는 시간과 에너지는 몇 퍼센트인지, '직장인'으로서는 몇 퍼센트인지, 그 외의 일들은 얼마나 차지하는지 나눠보는 식이었죠. 뒤늦게 대학원에서 박사 학위도 받았고, 대학에서 겸임 교수까지 맡다 보니 엄마 역할에 직장과 공부까지 1인 3, 4역을 감당해야 했거든요. 모두 아이의 성장에 맞춰 우선순위별로 비중을 조정해나갔어요. 각 영역의 비율이 달라지니까 그래프의 모양도 계속 바뀌더라고요. 이렇게 시각적으로 정리해보면 그때그때 우선순위를 조정하는 데 도움이 돼요.

Q. 엄마로서의 지분이 가장 컸을 때는 언제였나요?

아이들이 어릴 때죠. 그 시기에는 충분한 사랑과 애정을 느낄 수 있도록 시간을 채워줘야 하거든요. 『누가 내 머리에 똥 쌌어?』를 수십 번 반복해서 읽어달라고 하면 그렇게 해줘야 해요. (웃음.) 그때는 저도 개인적인 약속이나 만남은 최대한 줄였고, 일도 아이들이 잠들고 나서야 다시 시작했어요. 아이들이 청소년기에 접어든 지금은 또 달라졌죠. 이제 부모에게 원하는 게 시간의 양이 아니거든요. 진로나 친구 관계에 대한 고민, 사회 이슈 등을 나누고 상담할 수 있는 일종의 멘토 같은 엄마를 필요로 해요. 전보다 시간이나 관계 면에서의 질이 훨씬 중요해졌죠.

Q. 아이들이 어렸을 때 일을 향한 갈증이나 아쉬움은 없었나요?

우선순위와 연결된 이야기인데요. 내가 스스로 컨트롤할 수 있는 영역이 무엇인지 명확히 아는 게 중요해요. 일을 완전히 놓지 않으면서 감각을 유지하고 있다면 나중에 도전적으로 시도해볼 수 있거든요. 이건 컨트롤이 가능한 영역인 거예요. 그런데 아이와의 시간은? 그건 도전적으로 할 수 있는 시기를 내가 정할 수 없어요. 그렇다면 컨트롤하지 못해 스트레스를 받기보다 당장 눈앞의 할 일을 충실히 해나가는 데 만족하는 편이 낫지 않나 싶어요.

Q. 아무리 우선순위를 잘 나눈다고 해도 현실적인 어려움은 계속 생기잖아요. 무언가를 포기하거나 조율하거나 양해를 구해야 하는 상황에선 어떤 마음가짐이 필요할까요?

정답은 없어요. 상황마다 진심을 다해 대응하는 수밖에요. 아이에게 양해를 구해야 할 때는 "엄마한테 정말 중요한 프로젝트라 이번엔 안 되지만 다음에는 너에게 맞출게"라고 있는 그대로 설명했어요. 아이가 전부 이해하지 못하거나, 내가 원하는 반응을 보이지 않아도 진심은 전해진다고 믿었거든요. 반대로 아이를 위해 시간을 빼야 할 때는 눈치 보지 않고 회사에 이야기했고요. 상황은 계속 달라지지만 큰 틀에서는 아이를 인격체로 바라보는 것과 아이의 성향과 기질을 미리 잘 파악해두는 것이 유연한 대처에 도움이 되지 않나 싶네요. 결국 부모와 아이는 함께 길을 만들어가는 존재니까요. 정답을 찾기보다는 우리만의 케이스를 하나하나 쌓는다고 생각해야 해요.

육아에는 확신도, 정답도 없다

정답은 없어요.
상황마다 진심을 다해
대응하는 수밖에요.

결국 부모와 아이는
함께 길을 만들어가는
존재니까요.

Q. 양육자라면 누구나 '아이에게 충분한 관심과 노력을 기울이고 있나?' '다른 부모는 잘하는데 나는 부족하지 않나?' 같은 자기 검열을 해본 경험이 있을 텐데요. 그런 순간에 대한 이야기와 대응 방법도 듣고 싶어요.

돌이켜 보면 잘하고 싶다는 마음이 너무 강해서 스스로를 많이 괴롭혔어요. 일도 잘하고 싶고, 아이도 잘 키우고 싶으니 어느 순간 자기 검열을 하게 되더라고요. 그러다 2017년쯤, 9회짜리 커리큘럼으로 구성된 부모 교육 프로그램을 수강했어요. 그 수업에서 '상호 돌봄의 프레임'으로 관점을 바꿔보라는 제안을 들었는데, 생각을 전환하는 데 큰 도움이 됐어요.

Q. 어떤 내용이었나요?

예를 들어 오후 6시 30분에 아이를 데리러 가야 하는데 프로젝트가 늦게 끝나서 7시에 도착하는 상황이라고 해봐요. 보통은 허겁지겁 유치원에 들어가서 이렇게 말하죠. "미안해, 엄마가 늦었어!" 이 순간 아이는 '엄마가 늦는 건 미안한 일이고, 엄마는 잘못한 사람'이라고 생각하게 돼요. 자연스럽게 엄마는 늘 일찍 와야 한다는 기준이 생기고요. 이럴 땐 "엄마가 늦었는데도 기다려줘서 고마워. 너무 의젓하고 대단하다"라고 말해보는 거예요. 그럼 아이는 '일하는 엄마를 위해 기다려준 나'에 집중하게 되고, 자기 행동을 긍정적으로 받아들이게 되죠. 즉 '가해자와 피해자 프레임'에서 '상호 돌봄의 프레임'으로 바뀌는 거예요. 이후로는 저도 무조건 사과부터 하기보다 아이를 지지하고 고마움을 표현하려고 노력했어요. 자기 검열에서 비롯된 미안한 감정도 훨씬 줄었고요.

Q. 자기 검열을 하다 보면 반사적으로 튀어나오는 감정이나 반응이 생길 수밖에 없는 것 같아요.

나 때문에 아이가 잘못될까 봐 불안해지잖아요. 쓸데없는 잔소리를 많이 하는 것도 비슷한 이유예요. 내가 보는 대로 아이를 끌고 가려고 하거든요. 육아를 하다 보면 나의 심리적 취약점이 드러나요. 신기하게도 내 콤플렉스가 있는 지점에서 아이에게 화를 내거든요. 타고나길 잔소리가 많은 성향도 있지만, 지나치게 잔소리를 한다면 부모 본인이 가진 콤플렉스가 많을 수도 있어요. 그래서 자신을 계속 돌아봐야 해요. 그건 절대로 아이 탓이 아니고 내 문제거든요.

PART 3

설득과 경청을 거쳐
최종 선택권은 아이에게 준다

Q. 비슷한 또래 자녀를 둔 부모들과 커뮤니티 활동도 활발히 해온 것 같아요. 아이들이 성장하는 과정에서도 커뮤니티가 계속 유지되었나요?

요즘과 달리 당시에는 거주지 기반의 커뮤니티가 대부분이었기 때문에 참여하지 않으면 육아 정보를 놓칠 수 있다고 생각했어요. 그때는 커뮤니티 안의 워킹맘 비율이 지금보다 훨씬 적어서 처음에는 적응이 쉽지 않았죠. 재능 기부나 지인 연결 등 제가 잘할 수 있는 강점을 최대한 활용해서 활동했어요. 특히 첫째 때는 정말 열심히 참여했죠. 그런데 시간이 흐르면서 흥미로운 현상이 보이더라고요. 아이가 중학교를 거쳐 고등학교에 들어가니 커뮤니티 모임이 눈에 띄게 줄었어요.

Q. 왜 그런 변화가 생겼을까요?

아이의 성적이 중요해지는 시기거든요. 초등학생 때까지는 성적 차이가 크지 않고, 일종의 공동육아처럼 모여서 함께 어울리는 게 부모 입장에서도 도움이 되죠. 그 안에서 자연스럽게 정보 교환도 이루어지고요. 하지만 학년이 올라갈수록 대화 주제가 성적에 집중되다 보니 서로 눈치를 보게 돼요. 아이들도 각종 스케줄로 바빠지고 자기들 안에서 친구 관계가 형성되니 부모의 주도로 무언가를 꾸려야 할 필요도 없어지고요. 이런 흐름을 경험하다 보니, 둘째 때는 커뮤니티 활동을 안 하게 되더라고요.

Q. 정보에 대한 고민도 자연스럽게 해소되었나 보네요.

정보에 너무 집착할 필요는 없어요. 아이가 초등학교 고학년이 되면 주변 친구들을 통해 자연스럽게 정보를 얻게 되거든요. 가끔 양육자 간의 신뢰나 관계 구축 없이 커뮤니티 활동을 하는 분들이 있는데, 그런 방식으로는 제대로 된 정보를 얻기 어려워요. 설령 얻었다고 해도 우리 아이에게 딱 맞는다는 보장도 없고요. 오히려 아이의 기질이나 적성, 의견을 먼저 파악하고 그에 맞게 대응하면서 시행착오를 빨리 겪는 게 훨씬 낫다고 봅니다. 아이가 어릴 때는 커뮤니티가 분명 도움이 돼요. 그렇지만 친분을 쌓겠다는 목적만으로 굳이 양육자만 있는 모임에 무리해서 갈 필요는 없다고 생각해요. 양육자와 아이가 함께하는 모임으로도 충분하다고 봐요.

Q. 남들이 다 하는 선택지를 두고 내 아이에게 맞는 길을 찾는다는 게 쉽지는 않잖아요. 아이를 잘 안다고 해도 내 선택이 틀릴 수 있고요. 그런 불안함은 어떻게 넘어섰나요?

사실 확신은 없어요. 지금도 없어요. 죽을 때까지 없을 것 같아요. (웃음.) 오히려 엄마가 아닌 제3자의 눈으로 보면 확신하며 단호하게 말할 수도 있겠죠. 자기 아이일수록 확신이 더 어려워요. 그럼에도 불구하고 나의 선택이 맞을 거라고 스스로를 믿고 가는 거예요. 작은 성공의 경험이 쌓이면 자신감이 생기잖아요? '나는 그동안 꽤 괜찮은 선택을 해왔어'라는 마음으로 아이에게 맞는 길을 찾아보는 거죠. 아이와 함께 작은 성공 경험을 쌓는다는 생각으로 파트너십을 만드는 거예요.

Q. 아이와의 파트너십은 어떻게 만들어나갔나요?

충분히 대화를 나눈 후에 최대한 아이에게 선택권을 줘요. 그래야 나중에 부모를 원망하지 않고, 자기가 선택한 일에 책임을 지거든요. 저희 가족은 아이들 아빠의 직장 때문에 둘째가 초등학교 3학년일 때 1년 정도 미국에 다녀왔어요.

육아에는 확신도, 정답도 없다

한국으로 돌아오니 아이 친구들은 모두 선행 학습을 마친 상태였죠. 4학년이 되어 부랴부랴 수학 학원을 알아봤는데, 아이가 대형 학원은 싫다고 하더라고요. 그때부터 6년간 아이가 원하는 소규모 학원에 보냈어요. 환경적으로는 안정감을 주었지만 성적은 딱히 오르지 않았습니다. (웃음.) 중간에 대형 학원으로 옮기자고 권하기도 했지만 아이가 원하지 않아서 그대로 두었죠. 그러다 고등학교 1학년이 되었을 때 아이와 진지하게 이야기를 나눴어요. 수능에서 수학이 중요한 이유, 소규모 학원과 대형 시스템을 갖춘 학원의 장단점, 현재 케어가 필요한 부분 등을 설득하기도 하고 아이의 이야기를 듣기도 했어요. 이번엔 아이도 다른 반응을 보이더군요. 본인이 학원을 옮기겠다고 선택했으니 지금부터는 바뀐 시스템에 맞게 최선을 다하겠다고요.

Q. 설득과 경청의 과정을 충분히 거친 후 최종 선택은 아이가 하도록 했군요.

맞아요. 학원 선택이든 무엇이 됐든 양육자와 아이가 '함께' 해나가는 경험이 중요해요. 좌충우돌하면서 계속 전진하는 거죠. 절대로 정답을 찾으려고 하지 마세요.

PART 4

대화는 타이밍에서,
신뢰는 누적에서 탄생한다

Q. 일상에서 아이들과 대화를 많이 나누는 편인 것 같아요. 가족끼리 어떻게 소통하나요?

네 명 모두 가족 단톡방에서 자잘한 일상을 자주 공유하는 편이에요. 아이들이 친구들과 쓰는 신조어를 퀴즈처럼 내기도 하고요. (웃음.) 아이들과 이야기하다 보면 회사생활을 오래 해온 게 도움이 된다는 생각이 들어요. 젊은 직원들과 계속 만나고 고민도 나누다 보니 새로운 사고방식이나 문화를 접하게 되는데, 이런 부분이 아이들과의 대화에서도 통하거든요.

Q. 청소년기에는 부모와 솔직하게 소통하기가 점점 어려워지잖아요. 대화를 잘 이어갈 수 있는 팁이 있을까요?

사춘기가 되면 아빠와는 예전보다 서먹해지고, 엄마인 저

육아에는 확신도, 정답도 없다

와도 종종 까칠한 관계가 되곤 해요. 그래도 가끔 아이가 먼저 기대어올 때가 있죠. 대부분 고민이 생겼거나 문제가 있을 때 다가와요. 그럴 땐 하던 일을 멈추고 아이와의 대화에 몰입하는 게 중요해요. '이건 나를 필요로 하는 소중한 사인이구나!' 싶으면 노트북을 덮고 소파로 가거나 비밀 장소로 가자고 말해요. 그렇게 하면 훨씬 밀도 높은 대화를 나눌 수 있죠.

Q. 아이의 고민을 들을 때는 어떤 태도로 반응하나요?

아이가 비밀 이야기를 털어놓는 건 정말 고마운 일이에요. 그래서 일단 무조건 아이 편을 들어줘요. "그땐 이렇게 하지 그랬어" "왜 그랬니?" 같은 조언부터 나오면 절대 안 돼요. 충분히 이야기를 듣고, 하루나 이틀 정도 지나서 "그때 이야기한 거 말이야. 이런 생각도 해볼 수 있지 않을까?" 하고 슬쩍 지나가듯 말해줄 순 있겠죠. 아이가 먼저 찾아와 입을 열었을 때 '내 편'이 있다는 경험이 쌓여야 신뢰가 생기고 대화도 이어갈 수 있어요. 특히 청소년기에는 남녀 문제나 복잡한 고민들이 생기기 때문에 부모와의 관계가 좋아야 해요. 그런데 하루아침에 되지는 않죠. 어릴 때부터 조금씩 관계를 쌓아가는 게 중요해요.

Q. 아이와 관계를 쌓아가는 데 있어서 부모로서 명심해야 할 점도 있을까요?

누구나 인정받고 싶어 한다는 걸 기억하면 좋겠어요. 특히 성장기 아이들이 인정 욕구를 충분히 채우지 못하면 성숙한 어른으로 자라기 어려워요. 엄마로서 제가 아이들에게 해줄 수 있는 최선의 노력은 인정 욕구를 채워주는 거라고 생각해요.

Q. 일상에서는 어떤 방식으로 아이의 인정 욕구를 채워줄 수 있을까요?

예를 들어 아이가 "엄마, 나 태권도에서 1품 땄어!"라고 말하면 "잘했다! 진짜 최고다!" 하고 전폭적으로 반응해주는 거죠. 그런데 여기서 멈추지 않는 경우가 생각보다 많아요. "잘하긴 했는데 그때 자세를 이렇게 했으면 더 좋았을 것 같아"라든지 "그래, 그런데 네가 태권도를 조금 늦게 시작했잖아. 다른 친구들은 앞서 있으니까 더 열심히 해보자!"라는 말이 덧붙여지기도 하거든요. 부모 입장에서는 격려한다고 하는 말인데, 결과적으로는 아이에게 부족한 점을 지적하게 돼요. 그렇게 되면 아이는 충분히 인정받았다고 느끼지 못할 수 있어요.

육아에는 확신도, 정답도 없다

Q. 부모가 자기 자신을 돌아봐야 한다는 말이 여기에도 적용되겠네요.

그렇죠. 그런데 하루하루 바쁘게 살아가다 보면 스스로를 돌아볼 시간을 만들기가 힘들어요. 몸과 마음이 계속 지치다 보면 번아웃이 올 수밖에 없고요. 그래서 잠깐의 여유라도 가질 수 있는 혼자만의 시간이 꼭 필요합니다. 저도 잘 안 돼서 한번은 가출까지 한 적이 있었어요. (웃음.) 나를 중요하게 여기는 건 결코 이기적인 게 아니에요. 기록하는 습관을 가져보는 것도 좋아요. 저는 마음 관리는 감사일기로, 시간 관리는 다이어리로 해왔는데 도움이 많이 됐어요.

Q. 시간 관리야말로 일과 육아를 병행하는 양육자들의 화두일 텐데, 어떤 방식으로 해왔나요?

특별할 건 없어요. 우선 내가 하루를 어떻게 살고 있는지 파악하기 위해 시간대별로 촘촘히 적어봐요. 한 달쯤 기록하면 어디서 시간을 줄일 수 있을지 보이거든요. 세 시간이 걸리던 일도 집중해서 두 시간 만에 끝내도록 시도해볼 수 있고요. 양육자들은 '칼퇴'가 중요하잖아요. 최대한 시간을 효율적으로, 압축적으로 사용하도록 관리해보는 거죠.

Q. 흔히 사교육 특구로 불리는 목동에서 오랫동안 살았는데, 양육자이자 워킹맘으로서 느끼는 장단점이 궁금합니다.

저도 교육열이 있는 편이라 목동에 정착한 건 맞아요. 안전하고 시스템이 잘 갖춰진 동네라 내 일을 하면서 아이들 교육은 인프라를 활용하면 되겠다고 생각했어요. 지금까지 자동차로 픽업한 적이 거의 없으니 어느 정도 기대치를 충족한 셈이죠. 사실 목동은 공부 잘하는 아이들이 너무 많기 때문에 내신을 잘 받기 어렵고, 그만큼 아이들의 자존감이 높아지기도 어려운 환경이에요. 승부욕이 있는 아이에게는 장점이 되지만, 자유로운 기질의 아이에게는 단점이 될 수 있죠.

Q. 부모의 기대치와 아이의 기질 등 고려할 점이 많네요.

같은 동네 지인이 우스갯소리로 이런 말도 했어요. "첫째가 더 좋은 대학에 갈 수 있었는데, 네가 신경을 덜 써서 그런 거야." 그런데 저는 아이가 '인서울(서울 안에 있는 대학)'의 중상위권 대학에 합격한 것만으로도 만족하거든요. 엄밀히 말하자면 제 인생이 아니라 아이 인생이고요. (웃음.) 그 대신 저는 아이들과 좋은 관계를 쌓아왔다는 자부심이 있어요.

육아에는 확신도, 정답도 없다

Q. 아이들이 일하는 엄마에 대해 어떤 이미지를 갖고 있는지 궁금해요. 이런 이야기도 곧잘 나누나요?

어릴 때는 잘 안 하더니 커서는 조금씩 이야기해요. 일하는 엄마의 모습을 좋아해줄 때 저도 보람을 느껴요. 하루는 아이가 학급 선거에 출마하면서 제 앞에서 PT 연습을 하는데, 강의 준비를 하느라 집에서 브리핑 연습을 하던 제 모습이 겹치더라고요. 아이들도 자기 일을 즐기면서 살았으면 좋겠어요. 이제 저는 아이들의 커리어 상담자 역할을 하는 엄마로 남고 싶네요.

작가 엄마의
독서 교육법

고수리

#일상속교육 #성실한부모

15년 차 작가이자 글쓰기 안내자. KBS〈인간극장〉취재 작가를 거쳐 휴먼다큐를 만들고 에세이를 쓰기 시작했다. 에세이 『쓰는 사람의 문장 필사』『선명한 사랑』『마음 쓰는 밤』『엄마를 생각하면 마음이 바다처럼 짰다』『우리는 이렇게 사랑하고야 만다』『우리는 달빛에도 걸을 수 있다』, 소설 『까멜리아 싸롱』을 지었다. 책을 짓듯 삶도 부지런히 짓는다. 열 살 쌍둥이 형제를 키우는 엄마 작가로 날마다 육아하고, 살림하고, 읽고, 쓰고, 가르치는 생활을 규칙적으로 한다. 현재 동아일보 칼럼 「관계의 재발견」을 연재하며 세종사이버대학교에서 글쓰기를 가르친다.

13권의 책을 쓴 15년 차 작가이자 2,000여 명의 글쓰기를 돕고,
문창과 강의를 이끄는 글쓰기 선생님인 고수리 작가는 쌍둥이 형제의
엄마이기도 합니다. 작가 엄마의 독서 교육법은 무엇이 다를까요? 미리
말씀드리지만 제아무리 엄마가 작가라고 하여 특별한 비법이 담겨 있는
건 아니에요. 다만, 누구나 실천해볼 만한 근사한 방법이 있어요. 아이와
엄마 관점을 넘나들며 써 내려간 고수리 작가의 글을 소개합니다.

에디터 손현

엄마에겐 자기만의 방이 없었다. 자기만의 책상도 없었다. 그렇지만 집에는 책이 많았다. 엄마가 모은 책들이었다. 언제부턴가 엄마의 책과 아이들 책이 뒤섞이더니 슬그머니 책장을 넘어갔다. 식탁과 벽면과 침대, 소파와 소파 팔걸이까지 책은 말 그대로 책벌레처럼 불어났다. 그렇담 엄마는 이 많은 책을 아이들에게 읽어줬을까. 엄마는 아이들에게 책을 읽어주지 않았다. 저녁이면 식탁 위에 쌓인 책을 밀어내고 밥을 차렸다. 밥을 먹고 그릇을 치우고 설거지를 하고 돌아서면 어느새 밤. 자러 갈 시간이었다.

날마다 마주하는 우리 집 풍경이었다. 조금 남다른 점이라면, 엄마는 13권의 책을 쓴 15년 차 작가. 2,000여 명의 글쓰기를 돕고 문예창작과 강의를 이끄는 글쓰기 선생님이라는 사실이었다.

"작가님은 글쓰기도 오래 가르쳤고, 책도 많이 읽고 쓰시니까 아이들 독서 교육은 문제없겠어요."

종종 독자들에게 이런 얘길 듣거나, 독서와 글쓰기에 관한 자녀 교육법에 관한 질문을 받는다. 그럴 때마다 나는 당황스럽고 부끄럽고 미안하고, 묘하게 불안해진다. '작가 엄마의 독서 교육법'이라는 제목으로 쓰는 이 글은 비법서가 아니다. 오히려 고해성사하는 마음으로 쓰는 고백록에 가깝다.

나는 아이들에게 책을 읽어주지 않는 엄마였다. 쌍둥이 형제를 키우던 시간은 그야말로 고군분투의 나날이었다. 밥 짓고 먹이고 치우고 청소하고 빨래하고 아이들 돌보고. 가사와 돌봄 노동만으로도 하루하루가 벅찼다. 틈날 때마다 풀썩 쓰러져 기운을 차려보려 했지만, 그때마다 달려드는 아이들과 몸으로 놀아주다 보면 엄마는 완전히 방전.

기운찬 두 아이를 품에 안고 책을 읽어주는 일이 내게는 부담스러운 과업이었다. 잠들기 전에 책을 읽어주려다가도 졸다가 놓친 책으로 얼굴을 얻어맞기 일쑤, 아이들보다 먼저 곯아떨어져버리곤 했다. 사정이 이러하니 온전한 정신으로 아이들에게 책 읽어주는 시간은 일주일에 두어 번 정도. 실은 그보다도 적었던 것 같다.

유아기에 접하는 책의 영향력과 부모가 책 읽어주는 시간의 중요성은 어디서나 입을 모아 강조한다. 그것이 정서적으로나 교육적으로나 좋다는 걸, 아동문학과 독서 교육 지도사 과정을 공부해봤던 나야말로 가장 잘 알고 있었다.

그러나 이상적인 교육 이론은 쌍둥이 형제의 육아 현장에서 와르르 무너졌다. 육아에 지친 나는 책을 읽어주지 않는 엄마, 그래서 늘 아이들에게 미안해하는 엄마였다.

조금 더 솔직해질까. 아이들을 재우며 잠들었다가 다시

깬 나는, 아무도 방해하지 않는 밤 동안에 읽고픈 책을 읽고 쓰고픈 글을 썼다. 잠시나마 엄마라는 역할을 끄고 내가 원하는 독서와 글쓰기에 몰두한 시간, 그 시절 내게는 수면과 휴식보다 자기만의 시간이 절실했다. 그러니 아이들에게 미안함보다도 더 큰 죄책감을 느낄 수밖에.

그런데도 아이들은 책을 좋아했다. 우리 집에서 책은 장난감이었다. 아이들은 책을 헤집고 물고 뜯고 밟고 쌓고 무너뜨리며 장난감처럼 가지고 놀았다. 하루는 버리려고 모아둔 책 더미를 가지고 놀아도 된다며 내어주었다. 아이들은 책을 바닥에 쏟아버리고 마구 헤집더니, 책을 구기고 찢고 뜯어내기 시작했다. 쪽수가 많은 어른 책이 아이들에겐 신기한 물성으로 느껴진 걸까. 아이들은 얇은 종이를 낱장씩 뜯어내 바닥에 수영장처럼 깔았다. 그러곤 풍덩, 종이 더미를 헤엄치면서 한참을 놀았다.

집 안이 아수라장이 되어가는 동안 나는 주방에 선 채로 원고를 썼다. 짝짝 손뼉도 쳐주고 웃음도 터트리면서 슬그머니 책을 읽고 글을 썼다. 차라리 이렇게 책이랑 요란스럽게 노는 시간이 좋았다. 그때만큼은 아이들에게 좋은 책을 읽어주지 못했다는 죄책감도 한결 가뿐해졌으니까. 아이들은 책과 온몸으로 놀면서 자랐다.

일찍이 책 선택권도 아이들에게 주었다. 네 살쯤부터 서점에 가서 직접 고른 책을 사줬다. 자기가 읽고 싶은 책을 딱 한 권만 골라 소장해보는 경험을 선물하고 싶었다. 아이들은 온갖 책들을 뒤적거리며 진지하게 책을 골랐다. 아무리 시간이 오래 걸려도 재촉하지 말 것. 아이들이 고른 책에는 이유를 달거나 제지하지 말 것. 나름의 원칙을 두고 아이들을 기다려주었다.

아이들의 관심사는 명료하고 집요하고 유동적이었다. 한때는 공룡책만 사더니, 또 한때는 바다생물책만, 또 한때는 곤충책만 잔뜩 샀다. 어린이집에서 유행하는 포켓몬 도감을 고르기도 했다. 분야 불문 소장용 책이 생긴 아이들은 자기 책을 소중하게 여기며 읽고 또 읽었다. 글씨도 모르고 만화를 본 적도 없으면서 포켓몬 도감 속 온갖 캐릭터들을 따라 그렸다. 책장이 너덜너덜해질 때까지 읽던 아이들은 다섯 살 무렵 포켓몬 도감으로 한글을 깨쳤다.

글씨를 읽기 시작하면서 아이들에게 새로운 세계가 열렸다. 백과책과 학습 만화, 종이접기나 스도쿠책, 사자성어책이나 역사책을 사기도 했다. 100층짜리 집 시리즈나 13층 나무집 시리즈, 서현 작가와 요시타케 신스케 작가의 책을 찾아 읽는 전작주의자 면모를 보이기도 했다. 창작 이야기책을 좋

작가 엄마의 독서 교육법

아하는 엄마와는 정반대의 취향이었지만 간섭하거나 제지하지 않았다. 뭐든지 재밌어야만 좋아하게 되니까.

아이들은 스스로 고른 책으로 다채롭게 놀았다. 한자를 스케치북에 그리고 오려서 조합해 곳곳에 붙이거나, 종이접기 시리즈를 하나씩 독파해서 팽이와 종이비행기를 수북이 쌓아두었다. 책장에 책들을 모조리 쏟고선 자기들만의 기준을 정해 재분류하거나, 세계지도책을 펼쳐 면적이 큰 나라 순으로 전 세계 나라 이름을 정리해 쓰기도 했다. 비디오게임의 설명서를 읽고 와선 폐상자로 자동차 경주 게임을 만들어 종일 놀았다.

아이들이 책이랑 노는 사이에 나는 식탁에서 글을 썼다. 집중은커녕 몰입조차 뚝뚝 끊겼지만, 아이들 옆에서 뭐라도 쓸 수 있다는 것만으로 기뻤다.

"엄마는 작가야. 글 쓰고 책 만드는 사람이야."

너희가 책이랑 노는 동안에 엄마는 책을 만들고 있어. 엄마는 책 만드는 일이 너무 좋거든. 지켜봐줘서 고마워. 때때로 미안한 마음이 차올라도 미안하단 말은 삼키고 고맙다고 말했다. 해가 지면 식탁 위에 책들을 밀어내고 다 같이 밥상을 차렸다. 커다란 식탁에서 우리는 밥도 먹고 책도 읽고 그림도 그리고 글도 쓰고 무언갈 만들었다. 하루하루 더디지만,

충실한 시간을 보냈다. 그사이 여러 권의 에세이와 그림책을 만들었다.

돌봄이라는 것이, 엄마의 시간과 정성을 아이들에게 온전히 쏟는 것만은 아니라고 생각했다. 엄마인 나도 재미와 탐구와 성취와 기쁨을 누릴 수 있는 시간을 함께 보내고 싶었다. 각자 하고픈 걸 하면서 함께 시간을 보내는 것도 의미 있지 않을까. 그 시간에 나의 최선은 아이들의 질문과 대화가 시작되면 아무리 바쁘더라도 하던 일을 멈추고 충실하게 나누는 것. 더불어 엄마가 하는 작업의 기쁨과 슬픔 같은 것들도 고스란히 나눴다. 서로를 지켜보다가 얘기를 나누고 장난도 치고 웃기도 하고, 그러다 다시 하고픈 일에 몰입하는 시간을 배워나갔다.

하루는 소파에 앉아 책을 읽고 있는데 아이들이 양옆에 앉더니 책을 읽기 시작했다. 나란히 앉아서 조용히 책 읽기가 가능해진 그 시간이 얼마나 감격스러웠는지. 우리의 시간에는 자유와 존중과 안정이 자라 있었다.

아이들이 유독 관심을 가지는 엄마의 작업이 있었다. 파일로 존재했던 원고를 책처럼 편집해서 인쇄한 교정지를 확인하는 작업이었다. 종이를 한 장씩 넘기며 글과 그림과 구성을 꼼꼼하게 살피는 교정 작업을 할 때면 아이들이 따개비처

작가 엄마의 독서 교육법

럼 붙어서 이건 뭐야, 저건 뭐야 질문을 쏟아냈다. 좀 어렵더라도 초교부터 최종교에 이르기까지 책의 꼴이 되어가는 종이를 보여주면서 하나하나 설명해줬다.

"엄마가 머릿속에 생각했던 이야기를 열심히 글로 썼어. 글들을 전부 모으면 이렇게 종이 뭉치가 되거든. 여러 번 살펴보면서 고쳐야 해. 시간이 걸리더라도 꼼꼼하게 고칠수록 좋은 책이 되거든. 이 종이 뭉치에다가 표지를 덮고 인쇄하잖아? 그러면 마침내 책이 되는 거야."

특히나 그림책 교정을 볼 땐 어찌나 집중해서 작업을 구경하던지, 자신들이 읽던 그림책이 만들어지는 과정을 신기하게 지켜보았다. 나도 아이들이 신기했다. 글자를 읽기만 하는 게 아니라 감각적으로 책을 보는 아이들은 1교와 2교에서 달라진 그림 구성과 수정된 문장들을 전부 기억했다. 여러 번의 교정을 거친 글과 그림이 책으로 제작되어 출간되었을 때, 아이들은 네모나고 도톰한 물성으로 완성된 책을 만져보며 엄청나게 좋아했다.

그래서일까. 여섯 살 때부터 아이들은 자기만의 출판사 이름을 짓고 작가 소개와 서지 정보까지 포함한 야무진 책들을 만들었다. 아이들 생애 첫 글쓰기도 책으로부터 시작되었다.

그러나 아이들의 책 읽기는 초등학생이 되면서 달라졌다.

자아가 확고해지고 사회적 관계를 맺기 시작하면서 친구들 사이에 유행하는 책을 읽기 시작했다. 자극적인 유튜버들을 캐릭터로 가공해 만든 만화 시리즈가 재밌다고 얘기해줄 땐 솔직히 나도 속이 부글부글 끓어올랐다.

그래도 읽지 말라고 제지하진 못했다. 다만 나도 솔직한 감상을 얘기했다. 그 책이 싫은 이유와 책 속의 언행이 위험한 이유, 만일 상대의 입장에서 생각해보면 마음이 어떨지, 감상과 질문을 얘기했다. 그 덕분에 아이들과 책을 두고 질문과 토론을 나눌 수 있게 되었다. 자극적인 흥미 위주로 아이들을 홀리는 책, 부모 속을 뒤집는 책도 이런 쓸모가 있구나.

요즘은 저녁밥을 먹으면서 각자 읽었던 책을 화두로 대화를 나눈다. 대화는 식탁에만 머물지 않는다. "왜?"라는 질문이 꼬리에 꼬리를 물고선 아주 멀리까지 간다. 아이들의 답변에 내 편견과 고정관념이 깨질 때도 있다. 어린이와 어른도 대등한 독자가 될 수 있음을 깨닫는다.

강압적인 독서 교육을 비판하는 에세이 『소설처럼』을 쓴 다니엘 페나크(Daniel Pennac)는 즐거운 독서를 위한 진정한 독자의 권리 열 가지를 말한다. '책을 읽지 않을 권리, 아무 책이나 읽을 권리, 아무 데서나 읽을 권리, 읽고 나서 아무 말도 하지 않을 권리.' 그리고 나머지 여섯 가지 중에는 '책을 마음대로 아무렇게나 읽을 권리'도 포함된다. 우리의 아들딸이 책을 읽기를 바란다면, 무엇보다 먼저 우리에게 주어진 권리를 그들도 누릴 수 있도록 허용해주어야 한다고 작가는 주장한다.

내가 생각하는 독서 교육도 그렇다. 나는 아이들이 아무 책이나 아무 데서나 아무렇게나 읽을 권리를 누리며 주체적으로 책을 만나보길 바란다. 책이라는 작품을 읽고 보고 만지고 만들며 온몸으로 감각하고 놀아보기를. 책 읽는 법, 책 고르는 법, 책 고르기에 실패하는 법, 책을 만드는 법, 다른 책을 상상해보는 법. 자기만의 방식으로 책과 친해지기를. 재미와 감동, 안목과 취향, 배움과 탐구와 창작에 이르기까지 책으로 온갖 것들을 경험해보면 좋겠다.

책 읽기와 글쓰기는 교육보다 더 넓은 의미의 탐구 활동이 아닐까. 나는 누구인지, 무엇을 원하는지, 어떤 사람이 되고 싶은지, 어떻게 살고 싶은지. 자기만의 목소리를 만들어가는 탐구와 성찰의 과정이자 자기 인식을 가능케 하는 삶의 훈련이라고 생각한다. 이러한 탐구 활동은 학습기에만 이뤄지고 끝나는 것이 아니라 평생토록 이어진다. 진지하게 인생의 의미와 세상의 진리를 탐구하면서 매 순간 자기 안에 새로운 화두를 던진다. 때마다 고민하고 사유하고 깨어나면서 자기 자신을 온전히 인식하고, 자기 삶을 스스로 결정하며 살아갈 수 있다.

책이 아이들 인생에 어떤 존재면 좋을까. 그 질문은 나에게로 돌아온다. 나에게 책은 친구였다. 언제 어디서나 책을 펼치면 "있잖아, 나 이런 일이 있었는데 말이야"라며 나를 다른 세계로 데려가줬다. 방황하는 삶에서 나침반이 되어주고, 흔들리는 삶에서 부낭이 되어주고, 막막한 삶에서 등대가 되어주었다. 때마다 책은 다정하고 지혜롭고 미덥고 속 깊은 친구였다. 아이들에게도 책이 평생 그런 친구라면 얼마나 좋을까.

집안일을 하다가 조용해서 돌아보면 아이들은 책을 읽고 있다. 자기만의 세계에 빠져든 아이들은 여기가 아닌 어딘가로 떠나 있다. 낯설고 이상하고 광활하고 아름다운 이야기 속으로 훌훌. 자유롭게 책을 읽으며 아이들이 여기보다도 멀리, 아주 멀리 떠나보길 바란다. 발은 삶에 단단히 딛고, 손에는 책을 들고, 눈으로 세상을 담고, 머리로 꿈을 상상하면서 자기 인생의 작가로 살아가기를.

"너희가 책을 좋아하는 이유? 그야, 너무 많은 책을 먹어버렸거든. 아기 때부터 어찌나 책을 맛있게 먹던지. 책이 보이면 엉금엉금 기어가선 책 모서리를 염소처럼 냠냠 뜯어 먹었지. 책을 뜯고 씹고 즐기다 보니까 당연히 좋아졌겠지. 그래서 책은 어떤 맛이었어?"

책이 아이들 인생에

어떤 존재면 좋을까.

그 질문은 나에게로 돌아온다.

발은 삶에 단단히 딛고, 손에는 책을
들고, 눈으로 세상을 담고, 머리로
꿈을 상상하면서 자기 인생의 작가로
살아가기를.

나는 아이들에게 어떤 엄마로 기억될까. 책을 읽어주지 못해서 미안하다고 의기소침해지는 소심한 엄마. 그래도 어쩔 수 없었지, 뭐. 바닥에 드러누워 엉뚱한 이야기나 들려주는 이상한 엄마. 밥 차리던 식탁에 붙박여 부지런히 읽고 쓰고 책 만들던 고집스러운 엄마. 훗날 아이들이 써 내려갈 인생책에서 특별했던 조연으로 남고 싶다.

　엄마에겐 자기만의 방이 없었다. 자기만의 책상도 없었다. 그렇지만 집에는 책이 많았다. 엄마가 모은 책은 책벌레처럼 불어났다. 엄마는 아이들에게 책을 읽어주지 않았다. 가사와 돌봄 노동만으로도 하루살이가 빠듯했기 때문이다. 대신 아이들이 책으로 마음껏 놀도록 지켜봐주었다. 엄마는 저녁이면 밥상을 펼쳐 밥을 차리고 치웠다. 돌아서면 어느새 밤.

　아이들이 잠들면 엄마는 방구석에 다시 밥상을 펼쳤다. 작은 불을 켜고 책을 읽고 공부를 했다. 잠든 줄 알았던 아이는 가끔 실눈을 뜨고서 엄마를 훔쳐보았다. 책을 읽으며 무언갈 쓰는 비밀스러운 엄마. 자기만의 방도 자기만의 책상도 없는 엄마가 자기만의 세계에 빠져 있을 때, 엄마는 낯설지만 특별해 보였다. 엄마가 엄마처럼 보이지 않아서, 그래서 좋았다. 세상에서 단 하나뿐인 존재처럼 느껴지는 엄마가 아름다웠다. 까무룩 잠이 들면서 어른이 될 제 모습을 상상했다. 아이는 자라 어떤 어른이 되었을까. 훗날 나를 작가로 키운 엄마의 교육법이었다.

아이는 자라
어떤 어른이 되었을까.

훗날 아이들이 써 내려갈
인생책에서 특별했던 조연으로
남고 싶다.

삶에 솔직해질수록
육아도 나다워진다

김민정

#표현과감수성 #관계지향형엄마

성북동에서 열 살과 일곱 살 두 남자아이를 키우고 있다. 예중과 예고를 거쳐 대학에서 피아노를 전공했으며, 이후 미국으로 건너가 음악 치료를 공부한 뒤 음악 치료사로 활동했다. 12년 전, 'Creative Learning through Arts and Performance'의 약자를 딴 '클랩 스튜디오(CLAP Studio)'를 설립해 다양한 예술 워크숍과 공연을 통해 배움이 일어나는 장면들을 만들어오고 있다. 육아를 하면서 변화하는 자신의 모습을 솔직하게 마주하려 노력하며, 일상에 스며드는 작은 여유를 호사처럼 여기고 소중히 대하려고 한다.

육아는 양육자의 삶에 깊고 큰 변화를 안겨줍니다.

일과 일상은 물론이고 시간과 공간, 관계와 감정까지

삶의 구조 전반을 새롭게 짜는 계기가 되니까요.

그 과정에서 '나'라는 존재는 종종 잊히기도 하고, 잘 해내고 싶은

마음은 어느새 더 큰 불안으로 돌아오기도 합니다. '클랩 스튜디오'를

설립하여 예술 융합 교육을 선보여온 김민정 님은 불안과 완벽주의

앞에서 조금씩 자신을 내려놓고 솔직해지는 연습을 해왔습니다.

엄마이자 교육 전문가로서 이상적인 모습을 내세우기보다, 솔직한

태도로 꾸준히 성장하는 삶을 선택한 것이죠. 일상을 소중히 여기며

아이와 함께 자라고, 타인과 비교하는 대신 자신만의 리듬을 만들어온

그의 이야기는 나답게 양육하려 애쓰는 이들에게 단단한 응원과

따뜻한 위로가 되어줄 것입니다.

에디터 박혜강 | 사진 윤미연

PART 1

육아관이 다르면
인생에서 바라보는 지점도 달라진다

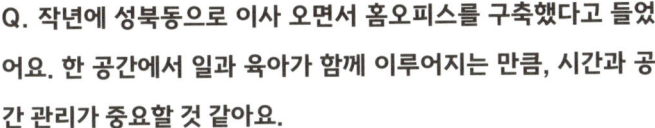

Q. 작년에 성북동으로 이사 오면서 홈오피스를 구축했다고 들었어요. 한 공간에서 일과 육아가 함께 이루어지는 만큼, 시간과 공간 관리가 중요할 것 같아요.

집을 구할 때부터 재택근무 중인 남편과 저에게 적합한 홈오피스를 만들겠다는 목표가 있었어요. 그래서 각자의 업무 공간을 마련하긴 했지만, 저는 이곳저곳 옮겨 다니며 일하는 걸 좋아해요. (웃음.) 아이들이 잠들면 2층 다락방에 올라가 업무를 보기도 하고, 바깥 풍경이 보이는 거실 소파나 주방의 큰 테이블 위에서도 종종 일하죠. 보통 오전에 중요한 일이나 미팅을 몰아서 처리하고, 오후 2~4시쯤 아이들이 돌아오면 서서히 육아 모드로 전환해요. 제가 공연 일정이 있는 주말에는 남편이 아이들과 시간을 보내고, 남편이 바쁠 땐 제가 아이들을 전담하고요. 예전에 일하며 양육하는 부부가 구글 캘

린더로 일정을 미리 공유하는 게 중요하다고 이야기하는 인터뷰를 본 적이 있는데, 저희도 릴레이 달리기를 하듯 교대하며 육아와 일을 병행하고 있네요.

Q. 집 안 곳곳에서 세심한 손길이 느껴져요. 이 공간에서 자라날 아이들을 생각한 부분도 있을까요?

공간이 아름답길 바라지만 지나치게 딱딱하거나, 손대면 안 될 것 같은 디자인은 피하고 싶었어요. 어른이든 아이든 환영하는 느낌을 받으면 좋겠다고 생각했거든요. 같은 물건이라도 어른과 아이가 사용할 때 전혀 다른 쓰임이 생길 수 있다는 점도 염두에 두었고요. 거실에 놓인 원형 테이블은 네 개의 조각으로 구성되어 있어서 길쭉하게 이어 붙이거나 쌓을 수 있어요. 의자도 방향에 따라 스툴이 되거나 테이블로 변신하고요. 아이들 손에 들어가면 쓰임도 형태도 달라져 재미있는 일이 일어나죠. 그런 면에서 '열려 있는 가구'를 선호하는 편이에요.

Q. 성북동에 대한 애정도 집을 선택하는 데 영향을 미쳤다고 알고 있어요. 이사 후 어떤 변화가 있었나요?

이전에는 입지가 좋은 아파트에 살았어요. 강남이든 강북

이든 어디든 가기 편했죠. 하지만 집과 놀이터, 상가까지 정해진 틀에 맞춰져 있어서 다소 인위적인 느낌이 들었어요. 반면 성북동은 집마다 형태가 다르고, 놀이터와 골목도 모습이 제각각이에요. 그러다 보니 동네를 더 알아가고, 즐기고, 탐험하고 싶은 마음이 커졌죠. 아이들과 함께 걷는 반경도 골목, 성곽, 성북천까지 확장됐고요. 저는 성북동이 외부의 속도에 휘둘리지 않고 자기 페이스를 지키는 동네라고 느껴요. 이 시기의 아이에게 진짜 필요한 것을 채워줄 수 있는 동네라는 확신도 생겼고요. 흔히 학원가가 있으면 '인프라가 좋다'고 말하지만, 인프라의 범위를 조금 넓게 바라보면 좋겠어요. 이곳에는 골목이 많고, 학교 옆에 간송미술관이 있어요. 5분만 걸으면 성곽이 나오고 차로 10분만 나가면 도서관과 경복궁이 있죠. 어린이 극장도 멀지 않고요. 이렇게 문화와 예술 인프라를 갖춘 동네가 또 있을까 싶어요.

Q. 인프라를 바라보는 관점이 살고 싶은 동네를 정하는 데 영향을 미친 셈이네요.

어떤 학원이 좋은지, 공부는 어떻게 시키는지에 관한 정보는 생각보다 많아요. 그런데 정작 그 동네에서 아이들이 어떻게 자라는가에 관한 정보는 찾기 쉽지 않죠. 그래서 어떤

삶에 솔직해질수록 육아도 나다워진다

동네로 가고 싶어도 용기를 못 내는 분들도 많고요. 저도 이 동네에서 알게 된 학부모들과 교류하며 '성북동에서 아이를 키울 때 이런 점이 좋다'는 걸 더 널리 알리고 싶다는 공감대를 갖게 됐어요.

Q. 육아관이 비슷한 커뮤니티를 만났군요.

맞아요. '동네를 발견했다'는 말 안에는 아이들의 골목뿐 아니라 저의 골목도 찾았다는 의미가 담겨 있어요. 육아 가치관이 다르면 인생에서 바라보는 지점도 다르기 때문에 쉽게 공감하기가 어렵거든요. 삶에서 진짜 중요하게 여기는 게 무엇인지 육아관에 그대로 드러나니까요. 그런 점에서 마음이 닿는 동료를 많이 만났죠.

Q. 어떤 부분에서 생각이 비슷하다고 느꼈나요?

개인적으로는 선행 학습이 현실적인 기준이 될 수 있다고 봐요. 괜히 '4세 고시, 7세 고시'라는 말이 나오는 게 아닐 테니까요. 이 동네는 지나친 선행 학습을 지양하는 분위기이고, 아이들이 놀이터나 골목에 모여 노는 모습도 아직 남아 있어요. 모두가 필요하다고, 좋다고 말하는 길에서 벗어나 나만의 소신에 따라 육아를 실천하려는 태도에서 비슷한 가치를 지

향한다고 느꼈죠. 지금도 결이 맞는 육아관을 가진 사람들과

어떻게 연결될 수 있을지 계속 고민하게 돼요.

삶에 솔직해질수록 육아도 나다워진다

PART 2

아이의 속도를 믿고 기다려주는 일이 우선이다

Q. 예중과 예고를 거쳐 대학에서 피아노를 전공하고 미국으로 건너가 음악 치료를 공부했어요. 이후 예술 융합 교육을 선보이는 '클랩 스튜디오'를 열었는데, 그사이에 어떤 연결 고리가 있었나요?

음악을 전공할 땐 완벽해야 한다는 압박이 컸어요. 무대에서 연주할 때 온 시선이 제게 집중된다는 점도 부담스러웠죠. 반면 음악 치료는 상대를 위해 음악을 사용하는 학문이라 저와 잘 맞았어요. 다양한 대상에 대해 배우는 과정도 흥미로웠고요. 그러다 보니 제가 아동에게 관심이 많다는 사실도 알게 됐죠. 클랩 스튜디오는 음악과 예술을 매개로 더 나은 상태로 향해 나아가도록 돕고, 기존과 다른 방식으로 배움을 경험하게 하는 곳이잖아요. 음악 치료를 하면서 좋은 교육에 대해 고민하고 설계해본 경험이 자연스럽게 이어졌다고 생각해요.

Q. 아이를 키우면서 수업 아이디어도 많이 떠올랐을 것 같아요.

첫째를 낳고 1년 정도는 온전히 아이에게 몰입했어요. 불러주고 싶었던 노래도 부르고, 책도 많이 읽어줬죠. 그 시기에 마침 의뢰를 받아 18개월부터 들을 수 있는 어린이 음악 프로그램을 만들게 됐어요. 아이들과 실제로 나누는 말을 곱씹어보고, 함께 걸었던 기억이나 사랑을 전했던 순간들을 떠올리며 음악에 녹였죠. 덕분에 프로그램이 좋은 반응을 얻었어요. 둘째는 코로나 때 낳았는데, 모두가 외출이 어려운 시기여서 매주 줌으로 100여 가족과 음악 수업을 진행했어요. 미국, 필리핀, 싱가포르 등 해외에서도 많이 참여해주셨죠. 아이와 부모가 함께 집에서 춤추고 노래하며 서로 교감했던 경험이 아직도 생생해요.

Q. 클랩 스튜디오를 운영하면서 더 확고해졌거나, 혹은 달라진 교육관도 있나요?

한국과 해외에서 수업을 하다 보면 확실히 다른 분위기를 느껴요. 일반화할 수는 없지만, 한국 부모님 중에는 아이가 수업에 잘 적응하지 못하면 제대로 경험하지 못한다고 느끼는 분들이 많아요. 아이가 적극적인 태도로 참여하지 않으면 부모님이 민망함을 느껴 아이 손을 잡고 연주하게 하거나

삶에 솔직해질수록 육아도 나다워진다

"얘가 오늘따라 왜 이러지"라고 말씀하시기도 하고요. 반면 해외는 훨씬 릴렉스된 분위기예요. 그날의 컨디션이나 아이 각자의 발달단계를 더 존중해준달까요? 저도 아이를 키우면서 이런 부분에 대한 이해가 깊어졌어요. 지금 정해진 행동을 하지 않는다고 해서 아무것도 안 하는 게 아니라, 그 아이에게는 충분한 시간이 필요하다는 걸 체감한 거죠. 당장 눈앞에 결과가 보이지 않는 예술이나 문학 콘텐츠를 오랜 기간 즐겨온 가정에 대한 존경심도 커졌고요.

Q. 부모 입장에서는 아이를 기다려줘야 한다는 걸 알면서도 조급함이 생기기 마련인데, 그럴 땐 어떤 기준으로 교육 프로그램을 고르면 좋을까요?

쇼핑하듯 고르기보단 본인이 지향하는 방향의 교육이 이루어지고 있는지 살펴보는 게 중요해요. 보통 샘플 수업을 듣고 결정하는 경우가 많은데, 아주 합리적인 방식은 아니라고 생각합니다. 어린아이들은 그날그날 집중도와 컨디션이 다르거든요. 일회성 수업과 10주 후에 보이는 반응도 완전히 달라요. 샘플 수업을 들어보고 "아이가 별로 안 좋아하는 것 같아요"라거나 "아이가 재능이 있는 것 같아요"라고 말씀하실 수 있지만, 사실 단편적으로 판단할 수 있는 문제는 아니니까

crying

ning

BABY ANIMALS
BLACK AND WHITE
Phyllis Limbacher Tildes

요. 오히려 샘플 수업은 교육 목표가 실제 수업에 잘 녹아 있는지, 진행자가 아이에 대한 이해도가 높다고 느껴지는지, 시설이 안전하고 편안한지 등을 점검하는 기회로 삼는 게 좋다고 말씀드리고 싶어요.

Q. 그림책 큐레이션도 늘 좋은 반응을 얻고 있어요. 클랩 스튜디오의 수업에서 빼놓을 수 없는 소재인 것 같고요.

그림책을 고르는 일이 생각보다 어려워요. 작가와 주제의 폭이 워낙 넓잖아요. 대부분 그림책의 주 독자층이 어린이다 보니 어른 입장에서는 새롭게 접하는 장르처럼 느껴져 쉽지 않고요. 저 역시 10년 넘게 아주 많은 그림책을 읽어오면서 조금씩 보는 눈이 생긴 것 같아요. 요즘은 사실적인 정보를 찾는 건 쉬운 시대잖아요. 이럴수록 열려 있고 주체적으로 해석할 수 있는 정보를 받아들이는 게 중요하다고 생각해요. 그런 면에서 그림책은 시와도 비슷한 부분이 있죠. 자극적인 매체에 익숙해지기 전에, 아주 어릴 때부터 좋은 그림책을 보여주는 걸 추천하고 싶어요.

Q. 좋은 그림책의 기준은 무엇일까요?

아이들은 정말 정직한 독자예요. 그래서 어린이를 진심으로 대하고 이해하는 작가들이 쓴 책을 우선으로 골라요. 그림책의 또 다른 장점은 염세적이지 않다는 거예요. 어딘가에 남아 있는 희망이나 용기와 같은 가치들을 담아내죠. 억지로 해피엔딩을 만드는 게 아니라, 아이들이 진짜 중요한 게 뭔지 느낄 수 있게 해주는 책이 좋은 그림책이라고 생각해요.

Q. 책장뿐 아니라 침대 옆처럼 아이들이 손 뻗으면 닿을 거리에 그림책을 두었어요.

이제 첫째 아이가 초등학생이 됐지만 여전히 그림책을 많이 보여주려고 해요. 시각 정보를 해석하고 평가하고 창작하는 능력인 '비주얼 리터러시'는 눈에 보이지 않아도 계속 쌓인다고 믿거든요. 저희 아이들은 그림책도 전시도 자주 보는데, 제가 매번 "이거 어떻게 생각해?" "오늘 뭐가 제일 좋았어?"라는 질문을 건네지는 않아요. 그런데 다음 날 보면 아이가 그린 그림이 달라져 있거나, 몇 주 뒤 갑자기 그림책이나 전시에서 본 이야기를 꺼내기도 해요. 책을 고를 때도 점점 자기만의 기준이 생기는 걸 보면 오랜 시간 쌓아온 경험이 영향을 준 것 같아요.

삶에 솔직해질수록 육아도 나다워진다

Q. 즉각적인 아웃풋보다 차곡차곡 쌓이고 있다는 긴 호흡을 믿어 주는 게 중요하군요.

그렇죠. 유아 콘텐츠를 만들면서 안타까운 점도 있어요. 책이든 음악이든 공연이든 "애들은 저런 거 좋아해"라는 말이 저는 불편했거든요. '시시한 거, 촌스러운 거 줘도 애들은 다 만족해'라는 뉘앙스로 들렸기 때문이에요. 아이들일수록 정말 좋은 걸 접해야 하고, 그 본질을 아이들이 이해하지 못한다고 가정하면 중요한 걸 놓치는 거예요. 아이들도 다 느끼고 영향을 받으니까요. 물론 저도 놓칠 때가 있어요. 한번은 제가 아는 사운드 엔지니어의 작업실에 아이들과 놀러 갔는데, 아주 좋은 스피커로 만화 주제가를 틀어주셨어요. 장난삼아 "이렇게 좋은 스피커로 이 노래를 틀어도 되나요?"라고 물었는데, 그분이 "아이들일수록 더 이렇게 들어야 한다"라고 답하시더라고요. 아이들 귀가 더 소중한데 어른들이 오히려 그 사실을 놓친다는 걸 다시금 깨달았죠.

PART 3

남들과 똑같지 않아도 괜찮아

Q. 아이를 키우다 보면 자신의 어린 시절도 돌아보게 될 텐데, 과거와 현재가 연결된다고 느낀 적이 있나요?

어린 시절의 모습과 지금 하는 일이 꽤 많이 겹쳐요. 그때도 집에서 음악을 틀어놓고 춤추기를 좋아했어요. (웃음.) 정원에 떨어진 꽃잎을 주워 무언가를 만들기도 했고요. 엄마가 운영하셨던 회사의 직원분이 매달 책을 두 권씩 선물해주셨는데, 그때의 경험도 영향을 줬어요. 이번엔 어떤 이야기가 펼쳐질까 설레던 마음이 지금까지 생생하거든요. 아이들과 좋아하는 것에 대해 나누는 시간도 과거와 현재를 이어줘요. 얼마 전에 그룹 '비치보이스(The Beach Boys)' 리더가 세상을 떠났다는 소식을 들었는데, 어릴 적 아빠 차를 타고 드라이브하면서 들었던 노래가 떠오르더라고요. 그래서 아이들에게 말해줬죠. "너희는 잘 모르겠지만 옛날에는 차에서 테이프라는 걸 틀 수 있었어. 할아버지가 운전하면서 여러 가지 테이프를 틀어주셨는데, 엄마는 비치보이스의 이 노래를 좋아했단다."

Q. 어린 시절 이야기를 아이들과 잘 나누는 편이군요.

요즘 제 화두 중 하나가 '내 인생의 모든 순간에 대해 어디까지 솔직해질 수 있을까'예요. 예를 들어 '편식'을 주제로 한다면, 어린 시절 편식을 정말 많이 했다고 이야기해줘요. 그러면서 "그때 편식을 안 했다면 더 좋았을 것 같아" "엄마는 이 음식을 못 먹었는데, 너는 잘 먹어서 정말 대단하다"라고 덧붙이죠. 엄마라고 해서 모든 걸 다 잘할 수는 없으니까요. 이게 제가 원하는 육아 방식인 것 같아요.

Q. 솔직함이 왜 중요하다고 생각하나요?

아이는 시시각각 자라며 빠르게 변하는데, 정작 엄마인 나는 스스로 얼마나 변했는지 깨닫지 못할 때가 많더라고요. 육아하면서 내가 얼마나 달라졌는지, 그 변화를 얼마나 이해하고 있는지가 무척 중요한데 말이죠. 매 순간 나 자신으로 살면서 행복을 느끼고 싶고, 아이들도 그렇게 자라나기를 바라요. 또한, 가족이기에 누구보다 가까운 만큼 서로의 진짜 모습을 이해하며 사랑을 주고받는 관계가 되었으면 해요.

Q. 어떤 순간에 자신이 변화했다고 느끼나요?

예전에는 완벽주의 성향이 강했어요. 아주 작은 부분까지 완벽해야 다음 단계로 넘어갈 수 있었죠. 그런데 육아를 하며 어느 정도 포기하는 법을 배웠어요. 지금 당장 원하는 걸 실현할 수 없는 상황이 늘 반복되니까요. 그래서 '여기까지만 하고 일단 만족하자'고 마음먹어요. 대신 '언젠가는 꼭 하고 싶다'는 열망 또한 소중히 간직하려고 하죠. 지금의 나를 인정하지 않으면 괴롭고, 인정하면 포기할 수 있어서 좋기도 한 게 육아인 것 같아요. 달라지는 내 모습을 좋아해주려는 노력도 필요하고요.

Q. 솔직해지려는 태도가 불안을 다스리는 방법일 수도 있겠어요.

맞아요. 나약함을 보여주고 솔직해지면 오히려 불안이 줄어들어요. '우리의 있는 모습 그대로를 보여줘도 괜찮다' '아이를 키우는 과정을 타인과 비교하지 않아도 괜찮다'는 생각이 제게는 무척 중요하거든요. 저도 한때는 '교육을 업으로 삼고 있는데, 우리 아이를 이상적인 모습으로 못 키우면 실패가 아닐까' 하는 불안을 느꼈어요. 그런데 아이를 키우면서 이런 생각이 많이 깨졌죠. 아이들이 완벽하게 흠잡을 데 없는 모습으로 자라기보다는, 각자의 고유함을 지닌 채 행복하게

나약함을 보여주고 솔직해지면
오히려 불안이 줄어들어요.

각자의 고유함을 지닌 채
행복하게 살아가는 게
제가 진짜 원하는 일이잖아요.

살아가는 게 제가 진짜 원하는 일이잖아요. 인생에서 정말 중요한 게 무엇인지 생각하고 아이들을 바라보면 당장의 불안은 좀 줄어드는 것 같아요.

Q. 그런 생각을 하게 된 계기가 있었을까요?

엄마가 되고 나서 많이 한 생각인데, 특히 교사나 부모에게 더 엄격한 잣대가 주어지는 것 같아요. 나를 드러내면 안 된다는 마음만큼 괴로운 게 없잖아요. 그렇지만 타인의 시선 앞에서 '아이를 키우면서 힘들다고 말해도 될까?' '교육을 업으로 삼은 사람인데 우울함을 느껴도 괜찮을까?' 하는 생각이 들곤 하는데요. 누구나 당연히 그럴 수 있다는 것이 사회적으로 공유되면 오히려 서로에게 힘이 될 수 있다고 봐요. 둘째가 태어나면서 불안이 자연스럽게 줄기도 했어요. 저나 첫째와는 완전히 성향이 달라서 기존의 방식이 잘 통하지 않았거든요. 그런데 그게 오히려 해방감을 주더라고요. 모든 걸 다 통제할 수 있다는 생각 자체가 허상이구나 싶었죠.

Q. 남들과 다른 방식으로 육아를 할 때 불안하지는 않았나요?

남들이 하는 대로 육아를 하지 않아도 괜찮다고 생각한 건 경험 덕분이에요. 클랩 스튜디오를 운영하면서 많은 아이들을 만나봤잖아요. 꼭 정해진 시기에 선행 학습을 하지 않아도 잘 자라는 아이들을 직접 봤고, 또 제가 공부하고 겪은 것들이 차곡차곡 쌓이면서 조금씩 믿음이 생긴 것 같아요. 그간 만나온 학부모와 양육자들 중 특히 제게 멘토처럼 느껴졌던 분들에게서 많은 영감을 받기도 했고요.

Q. 불안을 다스리는 데 도움이 된 또 다른 경험이나 취미가 있다면 나눠주세요.

예전에는 레시피대로 따라 하면 원하는 결과물이 나오는 베이킹을 좋아했는데 요즘은 못해도 괜찮은 것, 혹은 즉흥적이거나 컨트롤할 수 없는 것에 더 마음이 가요. 오랫동안 해온 꽃꽂이가 그중 하나예요. 새벽에 혼자 꽃 시장에 가서 그날 나온 꽃들을 둘러보며 머릿속에서 조합해봐요. 아이들이 깨기 전에 집으로 돌아와 마음껏 꽃을 꽂다 보면 마음이 편안해지고 즐거움이 차오르죠. 최근에는 차를 자주 마시려고 하는데요. 커피는 뭔가 어젠다가 있는 느낌이라면 차는 "요즘 어때?" 하고 부드럽게 대화를 여는 느낌이라 좋더라고요. 바쁠수록 일상 속에 스며드는 이런 작은 여유를 호사처럼 여기고, 소중히 대하려고 해요.

예술은 일상의 작은 순간 속에서 피어난다

Q. 양육자가 일상에서 아이들과 쉽게 시도해볼 수 있는 예술 활동에는 어떤 것이 있을까요?

부모가 직접 불러주는 노래야말로 가장 기본적이면서도 예술적인 경험이에요. 저도 아이들에게 자장가를 자주 불러줬는데, 어느 날 아이 둘이 방에서 그 노래를 흥얼거리며 노는 모습을 보고 놀란 적이 있어요. 흘러나오듯 자연스럽게 누리는 게 예술이구나 싶었죠. 아이들이 아주 어릴 때부터 전시장에도 함께 다녔어요. 이때 중요한 건 기대치를 낮추는 거예요. 작품을 하나라도 보면 대만족이라는 마음으로 갔고, 그런 경험이 쌓이니 아이들도 전시장을 자연스럽고 즐거운 공간으로 받아들이더라고요.

Q. 기대한 대로 아이들이 행동하지 않을 때도 있을 것 같은데요.

삶에 솔직해질수록 육아도 나다워진다

그럴 때도 "이건 엄마가 진짜 좋아하는 작품인데, 하나만 보고 갈까?"라고 솔직하게 말해요. 혹은 양육자 한 명이 아이를 보는 동안 다른 한 명이 시간을 정해 빠르게 관람하고 오기도 하고요. 아이들이 그림 그리기를 좋아해서 도구를 챙겨 가기도 해요. 사실 하루아침에 된 건 아니고, 여러 가지 방법을 총동원했어요. (웃음.) 아이에게 인풋을 주겠다는 생각보다는 저 자신에게도 휴식이자 영감을 주는 시간이라고 생각하며 최대한 즐기려 했죠.

Q. 아이들이 집에서 그림을 그릴 때는 어떤 방식으로 봐주나요?

다양한 재료를 쥐여주는 게 거의 전부예요. 스튜디오 수업 후 남은 재료를 주기도 하는데, 새로운 재료를 만났을 때 아이들 눈이 반짝거리는 걸 보면 저도 기뻐요. 신나는 마음으로 쉴 새 없이 가지고 노는 모습을 보면서 '열린 놀이 재료'의 중요성도 많이 느꼈어요. 정해진 방식 없이 자유롭게 창작할 수 있어야 예술 활동이 되니까요. (재료를 보여주며) 이건 안에 철사가 들어 있어 자유롭게 구부릴 수 있는 '모루'인데, 클랩 수업에서는 활용법을 떠올리지 못해 결국 사용하지 못한 채 남겨둔 재료였어요. 그런데 아이들은 이걸로 정말 다양한 걸 만들더라고요. 점토도 마찬가지예요. 어른은 상상도 못 할 방식으로 가지고 놀아요.

Q. 이런 재료들은 어떻게 선정하나요?

보통 책에서 출발해요. 책 속의 질감, 색감, 느껴지는 분위기, 떠오르는 소리 등 감각을 총동원해보면서 상상하고, 작가들의 작업 방식도 많이 참고해요. 최대한 다양한 재료를 접하게 해주고 싶고, 색채감도 중요하게 생각하죠.

Q. 집에 책이 많은데, 책 고르는 기준도 궁금해요.

많이 낡은 책일수록 저희 집에서 가장 사랑받은 책이에요. (웃음.) 아이들이 스스로 책을 고르기 시작한 뒤로는 좋아할 만한 주제의 책을 슬쩍 밀어 넣는 정도예요. 책도 결국 취향을 타기 마련이고, 자기가 골라서 봐야 더 재밌게 보거든요. 그렇게 고른 책을 어떻게 읽는지 반응을 살피다 보면, 아이들이 제 생각보다 훨씬 더 깊이 반응하고 멀리 나아갈 수있다는 걸 느끼곤 해요.

Q. 아이들과 일상에서 놀이처럼 할 수 있는 활동도 있을까요?

차를 타고 이동할 때 '이야기 만들기'를 자주 했어요. 아이가 캐릭터를 하나 만들면 제가 살짝 질문을 던지며 대화를 이

삶에 솔직해질수록 육아도 나다워진다

어가요. 예를 들어 아이가 "이건 불가사리랑 닮았어"라고 말하면, 제가 "불가사리랑 닮았는데 손이 있어?"라고 묻는 식으로요. 그렇게 이야기가 이어지고, 집에 돌아와서 나눈 이야기를 그림으로 남기기도 해요. 아이들이 이야기를 주도하되 저는 살짝 앞에서 지켜보며 따라가는 게 가장 좋은 방식이라고 생각합니다.

Q. 아이들에게 어떤 엄마로 기억되고 싶은지도 묻고 싶네요.

제가 살아가는 모습이 아이들에게도 즐거워 보였으면 해요. 바쁠 때는 밤낮 가리지 않고 일하는 날도 있지만, 아이들이 "엄마 일하는 거 재미있어 보여"라고 말해줄 때 큰 성취감을 느끼거든요. 무대에 설 때도 즐거워 보인다는 말을 들으면 정말 힘이 나요. 제가 좋아하는 일을 하며 즐겁게 살아가는 모습을 통해 아이들도 자기 안에 그런 부분이 있다는 걸 믿고 발견하길 바라요.

Q. 바쁜 일상 속에서도 놓치지 않으려고 애쓰는 것이 있다면요?

육아에도 나름의 낭만과 즐거움, 놓치면 안 되는 기쁨의 순간이 있잖아요. 그걸 포기하지 말자고 종종 되뇌어요. 며칠 전에 아이와 등굣길에 큰 살구나무 아래를 지나는데, 살구 열매가 떨어져 있었어요. 요즘 아이의 관심사가 멀쩡한 살구를 찾아서 먹는 거거든요. (웃음.) 한번은 할머니와 찾아서 씻어 먹었는데 너무 달콤하고 맛있었대요. 그 이야기를 듣고 '오늘은 학교에 빨리 데려다주는 게 목표가 아니다' 하고 생각을 재빨리 바꿨어요. "오늘은 몇 개의 살구 열매가 떨어졌을까?" "너무 익어서 더 퍼지진 않았을까?" 이런 이야기를 나누면서 걸어갔죠. 나중에 아이가 살구 떨어지는 나무를 그림으로 그렸더라고요. 일이 바빠지면 인내심이 낮아져 이런 여유마저 놓치는데, 육아를 하면서 정말 포기하면 안 되는 순간은 이런 거구나 싶었죠.

Q. 평범하고 소중한 일상이야말로 놓치기 쉽잖아요.

『윤미네 집』이라는 사진집을 좋아하는데, 제가 추구하는 육아의 순간들을 모아둔 것 같아서 아끼는 책이에요. 아이의 성장을 지켜보는 시선에서 느껴지는 사랑, 자연스러운 얼굴의 아름다움, 가까이 있으면서도 어느 정도 거리를 두고 바라보는 배려 같은 것들이 담겨 있죠. 엔조 아르노네(Enzo Arnone)가 찍고 브루노 무나리(Bruno Munari)가 기록한 사진집 『치치 코코(Cicci Cocco)』도 좋아해요. 아이들의 엉뚱한 일상이 즐겁게 담겨 있어요. 사소한 일상의 순간을 오래 간직하려는 태도가

삶에 솔직해질수록 육아도 나다워진다

담긴 책들이라 더 애정이 가나 봐요.

Q. 일상에서는 그런 태도를 어떻게 실천할 수 있을까요?

저희 가족은 사소한 순간을 기념하고 축하하는 시간을 자주 가져요. 예를 들면 아이들이 두꺼운 책을 다 봤다거나, 저나 남편에게 기쁜 일이 생겼을 때 조그만 케이크라도 놓고 우유로 건배하죠. 둘째가 "사랑을 위하여" 같은 축사도 곧잘 하거든요. (웃음.) 사실 결혼하고 아이를 키우면서 남들이 다 하는 웨딩 촬영도 안 하고, 돌잔치도 안 했어요. 소위 '국민템'을 산 적도 없고요. 그렇지만 의례적으로 해야 하는 일을 안 해서 후회한 적은 없는 것 같아요. 대신 작은 축하를 더 많이 하고 싶었고, 그렇게 했을 때 만족감도 컸어요.

Q. 앞으로 육아나 클랩 스튜디오 활동을 통해서 더 해보고 싶은 일이 있나요?

올해는 숲, 자연, 지역에 대해서 알고 싶은 마음이 커졌어요. 학교와 동네에서 만난 부모님, 아이들과 함께 계절별로 천을 걷거나 성곽을 걷는 활동, 현장 스케치를 해보는 활동 등 동네에 대해 깊이 알아가고 아카이빙할 방법을 고민하고 시도해보려고 해요. 제 관심사에 따라 클랩 스튜디오도 조금씩 반경을 넓히고 있는데요. 놀이, 창조성, 창의력에만 집중하는 시기를 넘어 세계시민 교육, 생태 교육, 역사와 정체성 교육까지 다루는 커뮤니티로 확장할 수 있을지 연구하고 있어요. 이 주제들을 어릴 때부터 예술과 문학을 통해 배울 때 진짜 변화가 일어날 수 있다고 생각하거든요.

삶에 솔직해질수록 육아도 나다워진다

....

엄마가 된다고
모든 것이 달라지지 않는다

김잔디

#개성과주체성 #주관있는부모

2014년 첫째 민이를 낳았고, 2016년 둘째 봄이를 낳았다. 2005년부터
밴드 '브로콜리너마저'의 건반주자로 활동하고 있다. 대학에서 간호학,
대학원에서 정신건강 간호학을 공부하고 재작년 2월 박사 과정을
마쳤다. 두 아이를 돌보는 와중에 공연하고 틈틈이 정신건강 간호사로
지역사회의 다양한 대상자와 만나 프로그램을 진행하고, 강의하는 등
스스로 부여한 여러 역할을 책임감 있게 이행하고 있다. 엄마이자 학생,
음악인으로서 다양한 역할을 수행하는 과정에서 긍정적인 마음으로
배우고, 성장하며, 아이들에게 주체적인 삶의 태도를 보여주는 것이
건강한 육아의 힘이라 믿는다.

엄마가 된다고 해서 어느 날 갑자기 전혀 다른 사람이 되어야 하는 것은 아닐 겁니다. 알게 모르게 '엄마'라는 이름 안에 많은 것을 가둬두고 평가하고 있지는 않은지 돌아보게 됩니다. 육아가 힘겹게 느껴지는 이유도 어쩌면 그 보이지 않는 시선과 기대를 의식한 채 나 자신을 조이기 때문일지도 모르겠습니다. 밴드 '브로콜리너마저'의 건반주자이자, 정신건강 간호사 김잔디 님의 이야기는 엄마라는 이름이 결코 단일한 정체성으로 정의될 수 없다는 사실을 일깨워줍니다. 그가 여러 역할을 조화롭게 이어오며 건강하게 육아할 수 있었던 비결은 '할 수 있는 것'과 '할 수 없는 것'을 구분하고, 자신의 선택에 책임지는 힘에 있는 듯합니다. 아이를 '지켜야 할 대상'이 아닌 '스스로 강한 존재'로 바라보는 그의 시선은 양육자의 불안을 한층 가볍게 덜어주는 지혜로 다가옵니다. 육아와 일, 관계와 자기 성장을 고민하는 모든 양육자에게 이 이야기가 힘이 되어주길 바랍니다.

에디터 김나래 | 사진 윤미연

PART 1

엄마도 여러 개의 이름으로 산다

Q. 어제 막 미국에서 돌아왔다고요? 요사이 근황이 궁금합니다.

저는 늘 비슷해요. 20년째 밴드를 하고 있는 음악인이자, 13년 차 두 아이의 엄마이기도 하고요. 또 오랫동안 학생 신분이기도 했어요. 지난 1년 동안 가족 문제로 한국과 미국을 오가는 생활을 하고 있는데, 방과 후에 아이들과 이렇게 많은 시간을 보낸 건 처음인 것 같아요. 아이들 도시락도 처음 싸봤고요. 그동안 바빠서 육아에 깊이 관여하지 못했던 남편도 아이들의 학습을 지도하면서 '현타'를 강하게 느끼고 있습니다. (웃음.)

Q. 직장인과 다른 프리랜서 신분인데, 주로 어떤 방식으로 일하고 계신가요?

오랫동안 프리랜서로 일해왔기 때문에 공간을 구분하는

습관이 있어요. 밴드 연습실처럼 별도의 작업 공간이 있을 때도 있지만, 여의치 않을 때는 스스로 작업환경을 구분하려 노력하죠. 저는 멀티태스킹에 능숙한 편이라, 동시에 여러 일을 처리하면서도 다음 할 일을 머릿속으로 계속 계획하고 있습니다. 밴드 활동 외에도 강의, 프로그램 진행, 공연 등 다양한 일을 하고 있어서 'N잡 프리랜서'인 셈이네요. 많은 정체성을 가지고 있다고 볼 수 있어요.

Q. 오늘 인터뷰하는 곳이 밴드 '브로콜리너마저'의 작업실이라고요? 밴드 작업실이라고 하면 악기들만 가득할 줄 알았는데, 사무 공간이 있어서 의외라고 느꼈어요.

브로콜리너마저는 '토종 인디 밴드'로서 섭외부터 연락, 이동이나 공연 티켓 오픈 등의 여러 직무를 자체적으로 해결하고 있어요. 법인 사업체도 갖고 있고요. 그래서 작업실도 사무 공간과 연습 공간으로 분리해서 사용 중입니다. 저희 멤버 중에는 '우리는 오로지 뮤지션으로서의 정체성만 있다'라고 생각하는 사람이 아무도 없어요. 저도 스스로를 음악인이라기보다는 생활인으로서 음악을 한다고 정의하고요. 가끔은 해야 할 (잡다한) 일이 너무 많아서 연습이 고플 때도 있을 정도예요.

Q. 2005년 결성한 밴드 브로콜리너마저는 〈보편적인 노래〉로 시작해 〈졸업〉 〈속물들〉 그리고 〈우리는 모두 실패할 것을 알고 있어요〉에 이르면서, 음악과 멤버들의 개인적 삶이 자연스레 여물어온 듯합니다. 음악인으로서 아이를 낳는 것에 대한 두려움은 없었나요?

저는 별로 계획적인 사람이 아니라서요. 닥치면 열심히 한다고 해야 할까요? 생각 많이 안 하고 일단 추진하는 스타일이에요. 별생각 없이 신혼여행 갔는데 아이가 생겨 첫째를 낳았고, 아이가 생겼으니까 마시던 술도 끊고 열심히 아이를 키우자는 육아 모드로 (자연스레) 전환했고요. 둘째 낳을 땐 상황이 다르긴 했으나, 당시 팀에 정리가 필요했던 시기였던 것이 오히려 더 고민 없이 육아에만 전념하는 데 도움이 된 듯합니다.

Q. 일이 생기면 빠르게 다음 단계로 전환해 움직이는 스타일 같아요.

맞아요. 저는 긍정적인 생각만 하기보다는 제대로 일이 추진되어 좋은 결과로까지 이어질 수 있게 노력하는 편이에요. 제 긍정성에 정당성을 부여하는 방향으로 움직여요. 개인적으로 정신학을 공부한 일도 이런 제 태도에 영향을 미쳤겠지만, 살아가면서 그런 방식이 제게 더 도움이 된다고 판단했기 때문이죠.

Q. 출산과 육아 같은 개인적 변화가 밴드 활동에 어떤 영향을 미쳤나요?

브로콜리너마저의 보컬이자 베이시스트인 덕원 님도 저와 비슷한 시기에 첫아이를 낳았어요. 일단 저희 둘이 육아를 시작하면서 밴드 연습 시간이 바뀌었어요. 20대 때는 4집에 실린 〈요즘 애들〉 가사에도 나오는 낙성대 근처 지하 연습실에 모여 종일 연습만 했거든요. 주 5일 연습을 오랫동안 반복했는데, 아이가 태어나면서 저녁 시간에는 가족과 함께하는 쪽으로 방향을 틀었어요. 그래서 오후에 만나 연습하는 방식으로 바뀐 게 물리적으로는 가장 큰 변화라 말할 수 있어요. 멤버들 모두 가족을 중요하게 생각하는 사람들이거든요. 각자의 생활을 중요하게 여기면서 밴드 활동은 일로서 잘 해내고 있기 때문에 지금껏 흔들리지 않고 밴드를 잘 유지해올 수 있었던 것 같아요. 이런 점을 보면 육아가 밴드 유지에 긍정적 영향을 미쳤다고도 볼 수 있겠네요.

엄마가 된다고 모든 것이 달라지지 않는다

Q. 같은 부모로서 덕원 님과 음악 외에 육아 이야기도 나누나요?

아니요! 저희가 각자 다른 공동육아 어린이집에 아이들을 보낸다는 사실도 한참 뒤에나 알았어요. 육아를 포함한 개인적인 이야기는 잘 공유하지 않는 편이에요. 가족보다 더 자주 볼 때도 있지만, 기본적으로 일하는 동료 사이다 보니 그런 것 같아요. 물론 그렇다고 해서 동료애나 가족애가 없는 건 아니고요. (웃음.)

PART 2

출산부터 돌봄까지,
하나하나 주체적으로 선택하다

Q. 브로콜리너마저의 첫 싱글 〈앵콜요청금지〉를 발표했던 2007년 당시, 응급실 간호사 3년 차로 3교대 생활 중이었다고 요. 그 이후로는 병원에서 근무한 적은 없었나요?

네, 그때 이후로 병원 임상 근무는 하지 않았어요. 약 10년 전쯤에 보건복지부 산하 정신건강 간호사 자격증을 취득했고 작년 초에는 정신건강 간호학 박사 과정을 마쳤는데요, 지금은 주로 지역사회 중독자분들을 만나거나 구치소 같은 여러 기관에서 관련 강의나 프로그램을 맡아 일하고 있습니다.

Q. 정신건강 간호사는 다소 생소하게 들리는 타이틀인데, 주로 어떠한 일을 하나요?

정신건강 간호사는 국가에서 인정한 전문 자격으로, 약 1,000시간에 달하는 교육을 1년간 이수해야 취득할 수 있는 과정이에요. 저 같은 경우는 정신건강 간호사로서의 정체성을 갖고 지역사회 정신건강복지센터나 중독관리통합지원센터에서 다양한 프로그램을 진행하고 있습니다. 관련 분야의 강사로도 활동하고 있고요. 최근에는 알코올 의존증 회복자들을 위한 음악 치료 프로그램의 하나로 '치료적 노래 만들기' 프로그램을 진행했어요. 오랫동안 음악을 해왔기 때문인지 특히 중독과 음악 분야를 결합하는 데 큰 관심이 있어요.

Q. 첫째와 둘째 아이를 모두 병원이 아닌 곳에서 자연출산하기로 선택한 것도 전공과 관련이 있을까요?

간호대 실습생 때 딱 한 번 병원에서 출산 장면을 본 적이 있어요. 여러 상황이 겹쳐서였겠지만 고압적인 분위기에서 산모 남편분은 토하고…. 폭력적인 장면들이 뒤섞인 그 모습이 트라우마로 남았어요. 그때 어린 마음에 '절대로 병원에서 출산하지 말아야겠다'라고 결심했죠. 그렇게 마음속으로 병원 밖 출산에 관한 생각을 품고 살다가 출산 준비를 하면서 자연출산에 관한 이야기를 많이 접하게 됐어요. 마침 친구 중에도 자연출산을 한 친구가 있었는데, 그 친구에게 이야기를 듣다 보니 집에서 10분 거리에 자연출산센터가 있고, 간호사 출신 조산사도 계신다는 걸 알게 됐죠. 그렇게 자연스럽게 병원 밖 출산을 선택하게 되었어요.

Q. 자연출산이라고 하면 마취제 없이 출산한다는 두려움이 먼저 떠올라요. 익숙하지 않은 상황이 두렵지 않았나요?

저와 같이 공동육아 어린이집에서 아이를 키웠던 몇 분도 자연출산을 했는데, 이런 이야기를 나누었어요. "낳는 것은 열 명이라도 할 수 있다. 키우는 게 힘들다." 놀랍게도 저 또한 출산은 별로 어렵지 않았어요. 둘째 때는 너무 쉽게 낳았는데, 첫째 때 경험이 있으니 이 정도 고통이면 곧 아이가 나올 것 같은 거예요. (자궁문이) 다 열린 것 같은데 조산사분들이 식사하고 계시더라고요. 조금 기다려야겠다고 생각했죠. 그러고 나서 "식사 다하셨어요?" 하고 여쭤보고는 바로 5분 만에 낳았어요. (웃음.)

Q. 결과적으로 자연출산에 만족하나요?

저는 자연출산 과정에서 주체적인 결정을 내릴 수 있었다는 점이 가장 좋았어요. 건강도 빨리 회복했고, 출산 당일 몇 시간 만에 집에 가서 바로 아이들을 돌볼 수 있었죠. 저에게는 그런 부분이 중요했고, 그 과정을 준비하면서 만난 인연들과 지금까지도 관계를 이어오고 있다는 사실이 정말 소중해요. 어떤 분들은 "자연출산으로 낳은 아기가 더 낫다"라고 하는데, 저는 절대 그 부분에는 동의하지 않고요. 모든 출산은 위대하다고 믿습니다.

Q. '육아 공동체' 이야기를 나눠보고 싶어요. 첫아이를 키울 때 육아 공동체를 꾸려 어려운 시기를 넘겼다는 인터뷰 글을 본 적이 있습니다.

육아 공동체를 알게 된 건 자연출산을 준비하면서 가입했던 온라인 카페 덕분이었어요. 제가 살던 과천 주변에 자연출산을 준비하는 사람들이 모여 만든 꽤 큰 규모의 카페였는데 모임에 꾸준히 나가기 시작하면서 그때 만난 사람들과 인연을 맺게 되었고, 그 관계가 지금까지 이어지고 있습니다. 거의 15년째 텔레그램 채팅방에서 소통하고 있어요. 서로 많이 의지하면서 참 재미있게 살았어요.

Q. 아이를 낳고 나면 가치관이 맞는 육아 동지를 만나는 게 생각보다 쉽지 않다는 것을 깨닫게 되죠. 어떤 점이 특히 잘 맞았나요?

세세한 부분에서는 차이가 있지만 삶을 대하는 태도나 육아에 대한 큰 틀에서의 생각이 거의 일치합니다. 자연출산을 선택한 사람들도 있지만, 그렇지 않은 분들도 각자의 선택에

엄마가 된다고 모든 것이 달라지지 않는다

있어 주체적인 성향을 보인다는 점이 비슷해서 잘 맞는 것 같아요. 지금도 이 모임에서 만난 사람들은 각자 다른 분야에서 멋지게 살고 있어요. 창업을 한 분도 있고, 교사도 있고, 정말 다양한 직업을 가진 분들이 많죠. 다들 재미있고 서로 급할 때 의지할 수 있는 사이라는 점도 빼놓을 수 없어요. 저희가 처음 만났을 때 지역 모임이었기 때문에 군포, 의왕, 과천, 안양 등 비슷한 지역에 살고 있어서 물리적으로 가깝게 지낼 수 있었던 것도 큰 도움이 되었죠.

Q. 보통 첫아이 출산 후 반응이 "둘째는 없다"와 "첫째 키울 만하니 둘째도 낳아볼까?"로 나뉘더군요. 후자를 선택한 입장인데, 이러한 선택 뒤에는 든든한 육아 공동체가 가까이 있어서였을까요?

그런 점도 무시할 순 없을 것 같아요. 아이를 키우면 공감하실 텐데 아이가 있어도 외롭잖아요. 그런 외로움을 이겨내려고 같이 놀러 다니는 경험 자체가 많이 즐거웠어요. 이 그룹은 공감을 굉장히 잘해줘요. 서로 별의별 이야기를 다 나누고, 다른 점은 인정해줍니다. 서로의 상황과 마음을 깊이 읽어주는 덕분에 더 많이 의지하는 것 같아요. 그나저나 아침에 오랜만에 육아 공동체에서 알게 된 지인과 문자를 하다 알게 된 사실인데, 저랑 동갑인 다른 육아 공동체 분에게 셋째가 생겼다고 하더라고요. 공동체 안에 계속 연락하는 분이 약 스무 명 정도 있는데, 셋째 비율이 절반 이상이에요. 서로 경쟁하듯 셋째를 낳아서 '다들 왜 이러지?' 싶을 정도로 아이를 많이 낳아요. (웃음.)

Q. 앞서 잠시 언급하긴 했지만, 아이 둘을 공동육아 어린이집에 보냈다고요? 어떤 이유로 공동육아 어린이집을 선택했나요?

공동육아를 치열하게 고민하고 비교해서 선택하는 분들이 많다는 걸 알기에 조심스러운 마음도 있는데요. 저는 공동육아의 철학이 좋아서 선택했다기보다는, 새로운 보금자리 가까이에 좋은 시설이 있었기 때문에 선택한 경우예요. 알아보니 아이들이 뛰어놀 수 있는 넓은 터전이 있었고, 무엇보다 아이들을 돌보는 교사분들이 좋은 분들이라는 느낌을 받아서 결정을 내렸습니다. 공동육아 어린이집에 보내면서 좋았던 점도 많지만, '만약 공동육아가 아니었으면 어땠을까?' 하는 생각은 지금도 가끔 해요. 공동육아가 무조건 좋다거나 나쁘다고 단정 지을 수는 없는 것 같아요. 그저 아이를 키울 때 고려할 수 있는 여러 선택지 중 하나라고 생각합니다.

Q. 실용적인 이유가 컸네요.

맞아요. 더욱이 당시 일반 어린이집은 그렇게까지 긴 시간 동안 아이를 돌봐주지 않았는데, 공동육아 어린이집은 아침 7시 반부터 저녁 7시 반까지 열두 시간이나 아이를 맡길 수가 있었죠. 제가 다른 분께 도움을 청하지 않고도 아이를 돌볼 수 있는 최적의 선택이었어요. 거창한 대의를 가지고 선택한 것은 아니었지만 보내고 보니 아이가 훨씬 더 많이 움직이고 활동할 수 있었고, 좋은 사람들도 많이 만날 수 있었다는 점은 장점 같아요. 일반적인 어린이집과의 차이라고 한다면, 어린이집의 운영이나 결정 과정에 부모 대표들로 이루어진 이사회가 있어 궁금한 점이 있거나 의문이 있으면 언제든지 문제를 제기하고 논의할 수 있는 시스템이 갖춰져 있다는 점 정도가 있는 듯합니다.

Q. 지금은 두 아이가 모두 초등학생이라고요? 아이들이 초등학교에 입학한 교육 시즌에는 어떻게 돌봄을 하고 있나요?

사회적 협동조합 형태로 운영되는 방과 후 학교에 보냈었어요. 제가 사는 지역에만 있는 특별한 프로그램인 것 같고, 전국적으로 이런 곳이 많지는 않은 듯해요. 이곳을 선택한 이유도 사실 굉장히 실용적이었어요. 선생님들이 직접 아이들을 각 학교에 데리러 와서 기관 건물로 데려가 저녁 7시까지 돌봐주거든요. 만약 이 프로그램이 없었다면 어땠을까 싶어요. 미국으로 오기 전에 방과 후 프로그램을 그만두고 몇 달간 학원을 보내본 적이 있었는데, 정말 만만치 않더라고요. 소위 말하는 '학원 뺑뺑이'를 그때 경험했는데, 방과 후 프로그램은 학교 끝나고 저녁 7시까지 아이를 한곳에서 전체적으로 봐주니 너무나 편했습니다. 물론 이곳은 주로 돌봄과 놀이 위주로 운영돼요. 때로는 돼지 씨름을 하기도 하고, 도서관에 가거나 물놀이하는 등 활동적인 놀이를 많이 해요. 1학년부터 6학년까지 모든 학년 아이가 함께 어울려 지냅니다.

엄마가 된다고 모든 것이 달라지지 않는다

PART 3

엄마라는 이름 앞에
멈추지 않고 살아가는 법

Q. 평소 아이들과 같이 있을 때는 주로 어떻게 시간을 보내나요?

음, 아이들이 더 어릴 때에는 책도 많이 읽어주고 함께 시간을 보냈지만 좀 크고 나서는 그냥 "둘이서 놀아라" 하고 놔두는 편이에요. 지금 저희가 미국 미시간주 근처에서 머무르고 있는데 최근에는 여가 시간이 생기면 미국 전역으로 여행을 많이 다니고 있어요.

Q. 육아가 힘든 순간은 없었나요?

저는 아이를 키우는 일 자체는 굉장히 재미있었어요. 물론 둘째가 손을 뻗는 의지가 생길 무렵의 1, 2년은 첫째와의 관계에서 대립이 생기면서 쉽지 않았어요. 그렇지만 벌써 둘 다 초등학생이 되었으니 지금은 둘 키우기 잘했다는 생각이 먼저 들어요. 저는 사실 '엄마는 바쁘니 둘이 놀아라'라는 마

김잔디 인터뷰

엄마는 일하는 사람이고,
이건 너희의 팔자다

이렇게 설정을 해두는 편이
저에게도 죄책감이 남지 않고,
아이들도 그러려니 하는 것 같고요.

음으로 아이 둘을 낳은 목적이 컸고요. 실제로 남매가 잘 놀아서 만족도가 아주 높습니다. (웃음.) 저는 아이들에게 처음부터 "엄마는 일하는 사람이고, 이건 너희의 팔자다"라고 못 박았거든요.

Q. 부모로서 자녀들에게 이렇게 말하기가 절대 쉽지 않을 것 같은데요.

제 박사 학위 지도 교수님께서도 "엄마가 바쁜 건 그냥 너희 팔자야"라고 아이들이 어렸을 때부터 말씀하셨대요. 아이들이 "엄마, 팔자가 뭐야?" 하고 물으면 그냥 "너희 운명이야"라고 딱 잘라 말하면서 엄마는 일하는 사람이라는 인식을 심어주었다고요. 그 얘기가 특히 인상적이었어요. "너희를 안 챙겨주겠다는 것이 아니고, 남은 시간에는 최선을 다하겠지만 기본적으로 나는 일하는 사람이니 받아들여라." 이렇게 설정을 해두는 편이 저에게도 죄책감이 남지 않고, 아이들도 그러려니 하는 것 같고요. 그러면 기관에 조금 더 오래 머무는 상황이 생겨도 잘 넘기는 것 같아요.

Q. 말하자면 아이들이 처음부터 엄마의 모습을 있는 그대로 인정하고 받아들일 수 있도록 일종의 '세팅값'을 설정한 셈이네요.

저는 이런 마음가짐이 우리 사회에 좀 더 필요한 것 같아요. 일을 하든 하지 않든 내가 할 수 있는 일과 내가 할 수 없는 일을 명확하게 구분해서 현실적으로 받아들이고, 그 인식을 아이들과도 공유하는 것이 중요하다고 판단해요. 제가 최근 1년 동안 미국과 한국을 오가는 중이라고 말씀드렸잖아요? 한국에 홀로 가장 오래 머물렀던 게 5주 정도인데, 아이들은 그 기간 동안 아빠와만 지내도 큰일이 일어나지는 않더라고요. 저도 말은 이렇게 하지만, 어쩌면 정신 승리를 하며 살아가기 위한 합리화일 수도 있어요. (웃음.)

Q. 육아에 있어 다소 느긋한 마음을 갖게 된 건 정신건강을 공부한 개인적 영향 덕분일까요?

전혀 없는 것은 아닌 것 같고요. 지나고 보니 이게 더 건강한 방식이라는 생각이 들었어요. 저는 육아를 잘 몰라요. 제가 그렇게 훌륭한 엄마라고 생각하지도 않고요. 저에게도 발동동 구르면서 어쩔 줄 몰라 했던 시기가 있었죠. 처음 아이를 어린이집 보냈을 때, 아이가 엄마를 기다린다는 전화를 여러 차례 받으면서 '내가 지금 이게 뭐 하는 짓인가' 같은 생각을 하며 일할 때도 많았죠. 여러 상황이 겹치면서 지금까지 흘러왔는데, 아이가 조금 크니까 이런 이야기도 할 수 있네요. 어쨌든 아이는 자라고, 부모가 기본만 해주면 절대로 나쁘게 자라지 않아요. 그리고 아이들은 각자 가진 성향을 발전시켜나가는 거고요. 그렇다면 나는 무엇을 할 것인가를 그다음 단계에서 또 생각하게 되는 것 같아요.

Q. 요사이 부모들은 아이의 타고난 성향을 존중하면서도, 부모로서 무언가를 더 해주고 싶은 마음에 고민이 큰 것 같아요.

요즘 SNS에서 손열음 씨 어머니와 김연아 씨 어머니의 자녀 교육 방식이 자주 비교되더군요. 교사였던 손열음 씨 어머니는 아이의 자율성을 존중해 열두 살부터 혼자서 해외 콩쿠르를 다니게 했다고 하고, 김연아 씨 어머니는 아이의 재능을 최대한 키워주기 위해 적극적으로 지원했다고 하죠. 저도 이 이야기를 보면서 저희 오빠와 저의 어린 시절을 떠올려봤어요. 저는 스스로 알아서 하고 크게 엇나가지 않는 모범생이었다면, 오빠는 MBTI로 치면 'SP' 유형처럼 자유로운 영혼이었고요. 명확한 기준이나 가이드라인이 없으면 예측 불가능한 행동을 할 수도 있어서 어머니께서 많은 시행착오를 겪으셨을 거예요. 결국 오빠에게는 명확한 기준을 제시하고 지시하는 방식이 효과적이었고, 다행히 좋은 결과로 이어졌죠. 저 같은 경우에는 오히려 시키면 반발심을 느끼는 타입이라 자율성에 맡기는 것이 더 나았던 것 같고요. 학습이라는 틀에 갇히지 않고, 아이의 다양한 모습을 발견하고 이야기 나누는 것이 중요하다고 생각해요.

Q. 어린 시절 학업적 성취를 강요받으면서 성장하지는 않았나 봅니다.

아무래도 어머니가 한 살 터울의 오빠에게 에너지를 더 많이 쏟으셨기 때문에 저에게까지 올 에너지가 부족하셨던 것 같아요. (웃음.) 그래서 저는 스스로 알아서 공부하고, 필요한 것을 찾아서 하는 자율적인 스타일로 성장했습니다. 저희 어머니는 심리학자로 평생 일을 해오신 분이에요. 지금도 현역으로 일하고 계시고요. 어머니께서 집에서 상담소를 운영하셨기 때문에, 학교에서 돌아오면 까치발로 조용히 제 방에 들어가 할 일을 했던 기억이 납니다. 저 또한 일하는 어머니를 보며 자랐고, 지금은 저 역시 일하는 엄마의 삶을 살고 있기에 그런 경험들이 자연스럽게 녹아든 것 같아요.

Q. 일하는 엄마로 인해 느꼈던 결핍은 없었나요?

저에게는 할머니가 계셨는데요. 아버지도 출장으로 늘 바쁘셨기에 할머니가 초등학교 때까지 저의 주 양육자이셨어요. 부모님보다는 할머니에 대한 애착이 훨씬 깊고요. 할머니 덕분에 제가 괜찮게 자랄 수 있었다고 믿는데요. 할머니는 저의 모든 면을 있는 그대로 받아주신 분이셨거든요. 지금 생각해도 참 대단하시다는 생각이 듭니다. 저도 가끔 할머니의 모습을 떠올리면서 반성하고는 해요. 말로는 "아이를 온전히 받아들여야 한다"라고 이야기하면서도 정작 제 아이의 모든 면, 심지어 남편의 어떤 면까지도 다 받아들이지 못하고 있다는 걸 깨달을 때가 있어요. 아이의 특정 면을 평가하고 있는 모습을 발견하고 자괴감이 들 때도 있고요. 이런 부분은 저도 스스로 다듬어나가는 과정인 것 같아요.

PART 4

불안과 비교 대신
나에게 어울리는 육아

Q. 지금껏 아이들을 키우면서 불안한 적은 없었나요?

안 그런 사람이 어디 있겠어요? (웃음.) 인간은 본질적으로 불안하죠. 육아 또한 불확실성의 덩어리가 나에게 온 건데, 불안하지 않다면 그게 더 이상한 거고요. 불안하므로 우리가 위기에 대응할 수도 있는 거잖아요. 방어기제가 발휘되는 이유도 우리가 불안하기 때문에 자신을 보호하려고 하는 거고요. 만약 내가 불안해서 그 감정을 다 거부해버리면 자기 인식이 전혀 되지 않거든요. 그러니까 '내가 불안하구나, 불안해서 이런 행동을 하는구나'라고 받아들이기만 해도 많은 것들이 또 새로운 단계로 나아갈 수 있는 출발점에 있다고 생각해요.

Q. 불안한 마음이 치고 올라오면 어떻게 다스리나요?

제가 공부할 때 자주 나누던 문구이기도 한데요. "제가 바꿀 수 없는 것을 받아들이는 평온을 주시고, 바꿀 수 있는 것을 바꾸는 용기를 주시며, 이 둘을 분별하는 지혜를 주옵소서"라는 기도문이에요. 저에게는 이 문구가 항상 큰 힘이 돼요. 내가 어쩔 수 없는 일에 매달려 불안해하면 상황이 더 나빠질 수 있으니 그런 것들은 그저 받아들여야 하는 것이고, 반면 내가 해결할 수 있는 상황이라면 용기를 가지고 해나가야 하는 거고요. 우리는 종종 이 둘을 구분하지 못해서 어려움을 겪는 경우가 많은 것 같아요. 앞서 이야기했던 손열음 씨 어머니와 김연아 씨 어머니의 교육 방식 중 누가 더 옳다고 단정할 수 없듯이, 아이의 성향을 보면서 내 마음이 상하지 않도록 가족과 상의하며 할 수 있는 것을 해나가야 하지 않을까 싶습니다.

Q. 육아에 있어 '어떻게 키울 것인가'에 대한 비전만큼이나 '이것만은 절대 하지 않겠다'라는 원칙을 세우는 것도 중요한 부분인 듯합니다. 아이를 키우며 스스로 지키겠다고 다짐한 내용이 있다면 무엇인가요?

세 가지 정도가 있는데, 우선 어떤 상황에서도 아이에게

엄마가 된다고 모든 것이 달라지지 않는다

언어적 학대는 절대 하지 않겠다고 결심했어요. 언어 학대의 범위가 넓거든요. 친구와의 비교 또한 학대에 포함될 수 있고요. 자신도 모르는 사이에 누구라도 부지불식간에 언어 학대를 할 수 있는 것이죠. 또 타인, 그리고 환경에 피해를 주지 않으면서 아이를 키워야겠다는 생각도 많이 해요. 내가 남에게 피해를 주면서까지 뭔가를 하면서 살아갈 이유가 없잖아요. 마지막은 굉장히 실용적인 얘기인데, 스마트폰 사용이나 탄산음료를 최대한 늦게 접하게 하자는 다짐입니다.

Q. 부모로서 아이에게 특별히 채워주고 싶은 부분이 있나요?

부모로서 아이들에게 특별히 채워주고 싶은 부분은 많지 않습니다. 아이들이 초등학교 6학년과 4학년이 된 지금 모습을 보면 인성적으로 바르게 자랄 것 같다는 확신이 들어요. 그저 이대로 잘 자라주길 바라고, 하고 싶은 일이 있다면 최대한 지원해주고 싶은 마음뿐입니다. 아, 미국에서 1년 정도 지내다 보니 많은 분들이 "영어 실력이 많이 늘었겠네요?"라고 묻지만, 사실 크게 늘지 않았습니다. (웃음.) 다만 아이들 입장에서 생각해보면 아무것도 알아듣지 못한 채 오후 4시까지 학교에 있는 시간이 얼마나 길게 느껴졌을까 싶어요. 오히려 저는 '기술 발전을 고려할 때 영어가 정말 필수일까?'라는 생각을 하게 됐습니다. 빠른 합리화일 수도 있지만 영어를 못해도 충분히 살아갈 수 있다는 걸 이번 경험을 통해 깨달았어요.

Q. 한국과 미국의 육아 환경을 모두 경험하면서 그 외 어떤 차이를 느꼈을까요?

미국에서는 초등학생이 스마트폰을 사용하는 경우를 찾아보기 힘들더라고요. 미성년자 보호에 대한 인식도 아주 강해요. 예를 들어 미성년 자녀를 혼자 집에 두면 처벌을 받을 수 있을 정도로 엄격하죠. 이렇게 미성년 시기까지는 가족 중심적인 분위기가 확고하게 형성되어 있더라고요. 흔히 말하는 '중2병' 같은 것도 거의 없다고 들었어요. 주말에는 가족과 함께할 수 있는 활동 외에는 할 수 있는 일이 많지 않아서 대부분의 시간을 가족과 보내고요. 퇴근 후에도 가족과 함께하는 문화가 정착되어 있어서, 전반적으로 가족 중심의 생활 방식이 확연히 다르다는 것을 느꼈어요. 교육에 대해서도 획일적인 기준에서 벗어나 다양한 가능성을 열어두고, 남들의 잣대에 나를 맞출 필요가 없다는 시각을 가진 분들이 많다는 것을 발견했죠. '너무 한쪽으로만 생각할 필요는 없구나' 하는 마음으로 저 또한 스스로를 다독이고 있습니다.

엄마가 된다고 모든 것이 달라지지 않는다

Q. 육아나 삶에 대한 여유 있는 시각은 경험에서 온 걸까요, 성격에서 온 걸까요?

저는 비교적 정석적인 길을 걸어왔습니다. 좋은 학교를 졸업했고, 전공과는 다른 음악 활동을 하기도 했지만 기본적으로 안정적인 삶을 살아왔죠. 그래서 지금 이렇게 여유롭게 이야기할 수 있는 것일지도 모릅니다. 만약 다른 길을 걸어오거나 더 불안정한 경험을 했다면 저 역시 지금과는 다른 생각을 하고 있을 수도 있어요. 한편으로, 위기 상황이 닥쳤을 때 상처를 키우지 않기 위해 적극적으로 대처하려고 노력해왔습니다. 저는 타고난 회복 탄력성이 좋은 편이고, 이를 더 키우기 위해 꾸준히 공부하고 실천해왔어요. 이러한 성향과 노력이 어우러져 위기 속에서도 흔들리지 않고 잘 헤쳐 나올 수 있었던 것 같습니다.

Q. 많은 양육자들이 불안한 감정에 휩쓸려 힘들어하는 경우가 많습니다. 그런 분들을 위해 회복 탄력성을 높일 수 있는 가이드를 준다면요?

아이들은 우리가 생각하는 것보다 훨씬 잘 받아들입니다. 많은 엄마들이 아이가 충분히 이해할 거라는 사실을 알면서도 자신의 불안감 때문에 쉽게 이야기하지 못하고 망설입니다. 아이는 엄마보다 훨씬 강한 존재임을 깨닫게 될 거예요. 부모가 함께하지 못할 때는 기관에 맡기거나 가족, 지인에게 돌봄을 부탁하게 되는데, 그럴 때도 아이는 결코 혼자가 아닙니다. 그 불안감의 근원은 종종 '내가 제일 잘해' '나만이 아이를 최고로 돌볼 수 있어'라는 무의식적인 생각에서 비롯됩니다. 이 생각을 내려놓는 게 중요합니다. 할머니나 가족들도 각자의 방식으로 사랑과 가르침을 줄 수 있고, 아이는 엄마뿐 아니라 다양한 사람들에게 긍정적인 영향을 받으며 자랍니다. 이를 아이에게 더 많은 경험과 기회를 주는 일이라고 바라본다면 엄마의 마음도 한결 편안해질 거예요.

엄마가 된다고 모든 것이 달라지지 않는다

완벽하기보다는
나만의 속도로

서새롬

#여유와존중 #기다려주는엄마

이서(Ether)와 곧 태어날 솔라(Solar)의 엄마. 루돌프 슈타이너(Rudolf Steiner)의 교육철학을 공부하며 몸과 마음의 건강한 연결을 돕는 서비스인 '새롬케어웍스'를 운영하고 있다. 요가 안내자였던 어머니 덕분에 어린 시절부터 자연스럽게 요가와 명상을 접하며 성장했고 대안학교 교사, 농부, 활동가, 다큐멘터리 프로듀서, 작가, 문화예술공간 운영자, 스탠드업 코미디언, 그리고 웰니스 기획자에 이르기까지 다양한 역할을 경험해왔다. 지금은 돌봄과 잘 존재하기의 가치를 알리는 데 힘쓰며 세상을 조금 더 아름답고 다정하게 만드는 일을 한다.

어떤 양육자든 '처음'이라는 벽 앞에 서면 막막해지기 마련입니다.
그간 삶을 구성해온 요소들을 새롭게 배치해야 하는 고난도의 기술이
필요한 시기이기도 하죠. 아이 돌봄이 가져다주는 수많은 변화를 어떤
마음으로 받아들이고 계신가요? 요가와 명상으로 자기 돌봄을 꾸준히
실천해온 서새롬 님에게 출산과 육아는 돌봄을 재정의하는 계기가
되었습니다. 매트 위에서 시작한 자기 돌봄은 이제 아이와 파트너,
지역과 사회까지 아우르는 '돌봄의 연결망'으로 확장되고 있죠.
아이의 속도를 존중하고, 모든 것을 혼자서 해내려 하지 않으며, 함께
자립하는 삶을 꿈꾸는 그의 이야기는 눈앞의 불안을 넘어 더 나은
세상으로 나아가자는 따뜻한 제안을 건넵니다.

에디터 박혜강 | 사진 윤미연

PART 1

그렇게 엄마가 된다

●

Q. 저희가 인터뷰하는 곳이 '새롬케어웍스'죠? 요가와 명상으로 자신을 건강하게 돌보는 수련 공간이라고 들었어요. 2021년부터 운영하셨는데 출산 전후로 이곳에서 보내는 시간은 어떻게 달라졌나요?

출산 전에는 제 일을 펼쳐내는 본격적인 업무 공간이었다면, 출산 후에는 회복을 위한 아지트처럼 쓰고 있어요. 지금은 아이가 어린이집에 다니고 있어서 등원과 하원 사이에만 잠깐 머무르고요. '엄마 모드'와 '일하는 사람 모드'를 전환하는 시간이 필요해서 의미 있게 쓰는 시간은 매우 짧아요. 그렇지만 저 자신에게 이런 시간과 공간을 준다는 것에 감사하며 지내고 있어요.

Q. '모드 전환'이라는 표현이 와닿네요. 보통 명상을 하나요?

필요할 땐 아사나 수련을 하거나 명상 같은 신체 활동을 해요. 책을 읽거나 웹 서핑, 유튜브를 볼 때도 있고요. 그날 제 상태와 흐름에 따라 할 일을 정하는 편이라, 모드 전환을 위한 루틴을 따로 정해두진 않아요. 물론 수업이 있는 날에는 준비에 시간을 더 쓰고요.

Q. 결혼 전에 이슬아 작가와 했던 인터뷰가 기록으로 남아 있어요. 새롬 님은 결혼 전부터 출산에 대한 그림이 분명한 사람처럼 보이더군요.

제 결혼은 아이를 낳는 일에 초점이 맞춰져 있었어요. 파트너와 결혼하기 2년 전부터 같이 살았는데, 본격적으로 아이를 원할 때쯤 주변 어른들이 "아이도 낳을 건데 결혼은 왜 안 하냐"라고 하시더라고요. 현실적으로 결혼을 하고 아이를 낳는 게 양육에 더 도움이 될 것 같아 제가 파트너에게 청혼했죠.

Q. 아이와 함께하는 삶이 왜 그토록 당연하고 구체적이었는지 궁금해졌어요.

제게 아이는 매우 구체적인 미래였어요. 10대 후반에서 20대 초반 즈음 사회운동가들과 어울렸는데, 그 시기에 떠올

린 미래 세대는 늘 아이의 얼굴이었거든요. 세상이 엉망이고 기후는 위기인 시대에 "아이를 낳지 말자"는 이들도 있지만, "그럼에도 나와 협력할 미래 세대가 있기에 힘을 내서 함께 할 방법을 만들 수 있다"고 생각하는 이들도 있으니까요. 후자가 꿈꾸는 세상이 저의 미래였던 거죠. 아이에게도 "너와 함께 조금 더 아름다운 세상을 만들고 싶었어"라고 말해주고 싶었어요. 주변에도 이런 생각을 하는 사람들이 꽤 많았고요.

Q. 평소 해왔던 생각이 '아이를 낳고 양육하는 삶'을 선택하도록 이끌었네요.

물론 아이 없이 지내거나 파트너 없이 사는 친구들도 많아 그 삶도 선택지로 두긴 했었어요. 그렇지만 저를 돌아보니 결국 무언가를 돌보고 키우는 사람이 되고 싶다는 걸 깨달았죠. 아이 낳는 일에 큰 거리낌이 없었기 때문에 낳기로 결론을 내렸어요. 이런 생각의 흐름으로 원래 다니던 회사를 그만두고 아이를 낳고도 할 수 있는 일로 커리어도 바꿨고, 새롬케어웍스도 그렇게 탄생했어요.

Q. 한편으로는 이런 생각도 들어요. 그런 철학을 가졌다고 해도 현실적으로 아이를 낳고 기르는 일에 대한 두려움이 있을 수 있잖

완벽하기보다는 나만의 속도로

아요. 세상은 점점 각박해져만 가는데 잘할 수 있을지 불안도 커질 수 있고요.

돌아보면 절반만 맞는 생각이었죠. 당시에는 저 혼자 다 맡겠다고 생각하지 않았기에 큰 고민 없이 선택했어요. 친구들에게도 농담처럼 "만약 아이를 낳는다면 A는 카메라를, B는 미술을 가르쳐줘. 그리고 등산은 다 같이 가자!"라고 말했죠. (웃음.) 준비된 이모, 삼촌이 많으니 태어날 아이가 저와 친구들의 미래이자 어린 동료가 될 거라고 여겼어요.

Q. 낙관적인 마음이 컸네요. 아이를 낳고 나서 알게 된 나머지 절반은 어떤 부분이었나요?

엄마나 주 양육자가 절대적으로 필요한 시기가 있다는 것. 아이가 아주 어릴 때는 그 누구도 대신해줄 수 없고, 제가 100% 돌봄을 제공해야 한다는 걸 간과했던 거죠. 막 태어난 아이는 살아내겠다는 강한 의지를 갖고 이 세상에 왔지만, 아무것도 할 줄 몰라요. 양육자가 그 의지를 뒷받침할 힘을 줘야 하죠. 생후 100일까지가 정점이고, 이후에는 조금 나아지다가 6개월쯤 또 힘들어지는 반복을 겪으면서 엄마 혹은 주 양육자의 존재 의미를 다시금 생각했어요. 괴로우면서도 행복했던 복합적인 시간이었죠. 아이가 30개월이 된 지금은 어린이집에 다니고 있기에 그때보다는 훨씬 짐을 나눈 기분이에요.

Q. '의지를 갖고 이 세상에 온다'는 말이 인상적이에요.

제가 공부하는 발도르프(Waldorf) 교육*의 인지학에 따르면, 인간의 의지가 가장 강한 순간이 태어날 때래요. 그 의지가 손 모양에서 발현된다고 하더라고요. 아기는 처음 태어나면 손을 정말 꽉 쥐고 있거든요. 손가락을 펼쳐도 금방 다시 오므려요. 과학적으로는 '반사'지만, 인지학에서는 '생의 의지'라고 부르죠. 반대로 죽음의 순간에 다다르면 손을 다 놓는데, 손바닥을 여는 형태로 표현된다고 보더라고요.

Q. 아이와 30개월을 함께하면서 '내가 진짜 엄마가 됐구나'라고 느낀 순간도 있었나요?

신기하게도 아이를 볼 땐 '내가 이 아이를 낳아 키우는 중'이라고 생각하거든요. 그런데 홀로 떨어져 있을 때는 그 감각이 오래가지 않아요. 출산 후 아이를 품에 안았을 때 깜짝 놀

---

* 루돌프 슈타이너 박사가 제창한 교육철학으로, 인간의 발달 과정을 새롭게 이해하는 인지학을 바탕으로 만들어졌다. 개인의 고유성과 발달단계에 맞춘 교육을 강조하며, 신체적·정서적·정신적 발달을 위한 통합적 지원 및 예술 교육을 통한 창의성의 발달을 중요하게 여긴다.

완벽하기보다는 나만의 속도로

랐던 부분이 '타인'이라는 감각이었어요. 지금 막 내 배에서 나온, 나와 분리된 타인이요. 제 첫마디가 "너 누구니?"였을 정도로요. 진짜 엄마가 됐다는 감동보다는 '아, 나 이제 엄마지? 내가 선택한 길이고 되돌릴 수 없지'라는 다짐을 통해 엄마 역할을 받아들인 것 같아요. 마치 물에 색을 타면 물감이 되듯이 저를 구성하는 속성 자체가 변했다고 생각해요.

Q. 속성이 바뀌면서 달라진 점이 있다면요?

세상 모든 사람들의 아이 시절 모습이 그려져요. 정말 미웠던 사람도 다시 보게 되는 옥시토신의 마법이랄까요. (웃음.) 엄마가 되면서 이해할 수 없던 사람의 아이 시절을 떠올려볼 수 있게 된 거죠. 무조건 포용하겠다는 게 아니라, 속성이 달라지면서 자연스럽게 생긴 변화에 가까워요.

Q. 엄마가 된 후에 나의 세계가 더 확장되었다고 이해하면 될까요?

'확장'보다는 '변화'가 더 맞는 표현 같아요. 저는 아이가 있는 삶을 선택했지만 아이가 없는 제가 어떤 모습일지는 감히 알 수 없으니까요. 사람들은 각자의 선택 안에서 고유한 삶의 세계를 만들어가기 때문에 단순히 넓어졌다기보다 '다른 속성을 지닌 나'가 되었다고 생각해요. 말 그대로 '아이를 낳기 전과 달라진 나'인 거죠.

Q. 속성이 달라진 데서 온 구체적인 변화도 궁금해요.

아이가 생겼다고 제 가치관이 바뀌진 않았어요. 다만 행동반경은 전보다 좁아졌죠. 아이가 삶의 중심에 들어왔으니 제가 그리던 궤도가 불가항력적으로 달라질 수밖에 없다고 생각해요. 언젠가 아이가 자신만의 궤도를 그리게 되면 제 우주도 또 변할 테고요. 이런 시선으로 지금을 바라보면, 내 세계가 좁아진다는 생각보다는 아이를 중심으로 선택하는 삶을 좀 더 자연스럽게 받아들이게 돼요.

Q. 요즘 아이와 함께하면서 구체적으로 더 많이 생각하는 지점이 있나요?

정치를 보는 관점이 바뀌었어요. 저도 살아야 할 세상이지만 아이가 더 오래 시간을 보낼 곳이기에 적극적으로 관여하게 돼요. 대충 생각할 수 없어 머리가 아프고 여러 변수를 고려해야 하죠. 아직은 아이에게 직접 물을 수 없으니 아이의 관점에서 대신 생각하려 노력하는데, 그만큼 아이에게 세심하게 주의를 기울이려고 해요.

완벽하기보다는 나만의 속도로

출산 후 아이를 품에 안았을 때
깜짝 놀랐던 부분이
'타인'이라는 감각이었어요.

제 첫마디가
"너 누구니?"였을 정도로요.

PART 2

혼자서 다 해내려고 하지 않는다

Q. 아이를 키우면서 '제2의 인생'을 사는 것 같다는 말을 자주 들어요. 아마도 자신의 어린 시절을 돌아보게 되기 때문일 텐데요. 새롬 님은 어떤 아이였나요?

저는 유난한 아이였어요. 역전 사람들이 다 알 정도로 크게, 오래 울었다고 하더라고요. 어릴 땐 아토피가 심해 무척 예민했어요. 잠을 못 자서 계속 칭얼거리고, 잔병치레도 많고, 짜증도 자주 부리고, 고집도 센 종합선물세트 같은 아이였달까요. (웃음.) 그런데 엄마는 그 어떤 것에도 동요하지 않고 저를 나무라지도 않으셨어요. 엄마가 오래전부터 요가를 배우고 가르치셨는데, 지금 생각하면 육아가 너무 힘들어 그러실 수밖에 없지 않았을까 싶기도 해요. 덕분에 그토록 예민하던 제가 무던하게 자랄 수 있었죠. 가끔 아이 울음에 괴로울 때마다 엄마를 떠올려요. 묵묵히 옆에 있어주셨던 모습이

생생해서 저도 힘들 때마다 그렇게 해보려고 마음을 다잡게
돼요.

Q. 어머니의 양육 방식으로부터 영향을 많이 받은 셈이네요.

엄마는 '아이는 미래다'라는 생각을 심어준 분이에요. 제
가 성인이 된 무렵부터는 늘 이렇게 말씀하셨죠. "결혼은 안
해도 되고 남편은 선택이다. 그렇지만 아이는 꼭 낳아라."
제가 10대였을 때, 4대에 걸친 모계의 일대기를 그린 영화
〈안토니아스 라인〉을 함께 보면서 주체적인 여성의 삶에 대
해 생각할 수 있게 해주셨고요. 엄마와 언니가 발도르프 교육
을 공부하며 조카들을 양육하는 모습을 보면서 저도 점차 같
은 교육관을 갖게 됐어요.

Q. 발도르프 교육의 가치관으로 아이를 양육한다는 건 어떤 의미
인가요?

발도르프 교육을 받아들이는 건 부모가 '이런 방향으로
살겠다'는 선언과 비슷해요. 저는 늘 두 가지로 설명해요. 첫
째는 '아이의 영혼을 위한 교육'이에요. 인간에게는 고유한
영혼이 있고, 그것을 잘 지켜낼 수 있는 환경을 제공하는 것이
핵심이거든요. 이를 위해 깨어 있는 성인들이 아이의 발달단계

를 이해하고 성장을 돕는 일이 무엇보다 중요해요.

Q. 다른 하나는요?

둘째는 '유튜브 프리미엄과 비슷한 것'이라고 말해요. 저는 발도르프 교육이 광고를 보지 않게 하는 교육이라고 생각하거든요. 우리가 선택하는 많은 것들이 광고 같다는 느낌을 받아요. 교육 또한 사회가 정한 속도에 맞춰서 가열차게 달리다 보면 아이의 속도와 고유성, 색깔, 본질을 놓치기 쉽고요. 그런 면에서 발도르프 교육은 현혹될 수 있는 요소들을 제거하는 역할을 해줘요. 쉽게 말해서 30개월 된 아이는 대부분 핑크퐁을 알 텐데, 이걸 '몰라도 되는, 모르고 클 수 있는 것'이라고 설명하면 다들 이해하더라고요.

Q. 다섯 명(네 명의 조카와 이서)의 아이 모두 발도르프 교육을 받으면서 크고 있는데, 어떤 점이 좋게 다가오나요?

발도르프 교육의 가장 좋은 점은 아이들이 혼자서도 잘 놀고, 어딜 가도 스스로 놀이를 발견해내는 힘이 탁월해진다는 거예요. 주체적인 놀이 생활이 자연스러워서 그런지 뭔가를 계속 만들어내고, 손재주도 좋아요. 또 매우 다양한 노래를 불러요. 놀이를 시작할 때, 마치며 정리할 때, 아침 인사를

완벽하기보다는 나만의 속도로

할 때, 식사 전 기도할 때… 모든 상황에 맞는 노래를 다 외워서 자연스럽게 부르는데, 볼 때마다 놀랍습니다.

Q. 한편으로 육아는 나의 취약성을 발견하는 과정이라고도 하더라고요. 아이와 30개월간 함께하면서 새롬 님이 발견한 취약성과 그에 대한 솔루션은 무엇이었는지 궁금해요.

먹거리는 생협이나 한살림을 이용하지만 기본적으로 저는 요리에 품을 많이 들이지 못해요. 임신 전에도 하루에 한 끼는 동네 밥집에서 사 먹을 정도였죠. 아이를 낳고 돌보려면 일단 제가 잘 먹어야 하는데, 집에서 모든 끼니를 다 만들어 먹을 수 없어서 식사는 외주화하기로 했어요. 이유식을 할 때도 좋은 재료를 쓰는 시판 이유식을 찾았고요. 모든 걸 다 내 손으로 완벽하게 해야만 좋은 양육자라는 환상을 좇기보다는 지속할 수 있는 방법을 먼저 고민했어요.

Q. 내가 할 수 있는 것과 할 수 없는 것을 빠르게 구분했군요.

맞아요. 가정 내 역할 분담도 그래요. 아이가 태어나고 파트너가 일 때문에 더 바빠졌는데, 똑같이 50씩 분담해야 한다고 정하는 건 서로의 취약성을 보듬는 방식이 아닌 것 같았어요. 저한테 양육 제1의 원칙은 제가 직접 아이를 보는 것이

기도 했고요. 그래서 제가 할 수 있는 일을 하면서 필요할 때는 적극적으로 도움을 구하기로 했죠. 아이는 제가 돌보지만, 밥은 사 먹고 가사 노동은 가전제품을 적극적으로 활용하는 식으로요.

Q. 그래도 가끔은 혼자서 육아의 많은 부분을 감당하기가 어려웠을 것 같은데요.

저는 삼 남매로 컸는데, 저희 가족은 육아 로드맵의 최종 목표를 '주거 통합'으로 생각했어요. 임신 전부터 이 그림을 그렸고, 부모님의 은퇴 무렵 구기동에 있는 낡은 다가구 주택을 매입했어요. 언젠가는 다 같이 사는 모습을 꿈꾸면서요. 처음에는 부모님이 사는 집 외에는 임차인들이 거주했지만 계약이 만료되는 시기에 맞춰 언니네와 남동생네, 그리고 저희 가족까지 순차적으로 입주해서 지금은 다 같이 살아요. 노후 세대인 부모님과 아이를 키우는 자녀 세대인 저희가 서로의 취약성을 보듬으며 최소 10년은 살아보자는 목표로요. 어른과 아이를 합쳐 열댓 명이 북적거리며 2년째 함께 지내고 있어요.

Q. 취약성을 혼자 해결하지 않고 함께 모여서 다루겠다는 면에서

'아이는 혼자 키운다고 생각하지 않았다'는 처음 이야기와 겹쳐지 네요.

저는 운 좋게 혈연과 이런 방식을 시도해볼 수 있었어요. 하지만 그렇지 않았더라도 다른 방법을 찾았을 것 같아요. '어떤 방식으로 우리가 함께 육아할 수 있을까'를 계속 고민 해왔기 때문에 어떻게든 커뮤니티를 만들었을 거예요. 단지 가족들이 비슷한 시기에 아이를 낳았고, 여러 조건이 맞아서 빨리 의기투합한 거죠.

PART 3

돌봄의 시간,
아이와 함께 양육자도 자란다

Q. 30개월 된 아이의 양육자로서 요즘 가장 불안을 느끼는 순간은 언제인가요?

아이의 발달이나 아이와의 관계보다는 뉴스를 볼 때 불안해요. 각종 사건 사고를 접하면 심리적으로 위축되고, 제가 주도권을 갖기 어려운 부분이라 무력감도 느껴지거든요.

Q. 아이의 발달 과정이나 관계에 대한 불안은 상대적으로 낮은 편이네요.

저와 아이 모두 변하고 자라는 과정에 있으니까요. 잠깐 합이 안 맞을 수도 있고, 저도 양육은 처음이라 변화에 대처하는 방법도 미숙할 수 있잖아요. 그래서 이런 부분은 오히려 불안하지 않아요. 느린 건 기다려주면 되니까요. 예를 들어 아이가 요즘 기저귀를 떼는 훈련을 하는 중인데, 생각보다 오래 걸리지만 시간이 지나면 해결되는 문제라 아무렇지 않아요. 물론 빨래는 더 많이 해야 하지만요. (웃음.)

Q. 속도를 비교하지 않으려고 노력하는군요.

저희 아이는 말도 걸음도 빠른 편이라 주변에서 부러워해요. 그럴 때마다 "어차피 다 말하고 걷는 법을 배울 텐데 조금 빠르고 느린 건 중요하지 않다"라고 말해줘요. 아이가 말과 걸음을 빨리 배운 건 집에 언니, 오빠가 네 명이나 있어 자극이 많은 환경에서 자랐기 때문이라고 생각하거든요. 아이의 발달 과정에는 다 이유가 있는 거죠. 제가 살아오면서 '나의 속도를 존중받는 일'이 중요했듯, 아이의 속도도 존중해주고 싶어요.

Q. 그간 다양한 방법으로 자기 돌봄을 고민해왔어요. 출산을 기점으로 돌봄을 바라보는 관점이 어떻게 달라졌나요?

그동안 제게 친숙한 도구인 요가와 명상을 통해서 자신을 돌보는 방법을 제안하고 장려해왔어요. 직접 수련해보니 너무 좋았고, 이런 방식으로 자신과 주변에 긍정적인 영향을 줄 수 있겠다는 믿음과 결과도 분명 있었거든요. 하지만 임신과 출산, 육아라는 과정을 거치면서 기존 방법론을 그대로 적용

완벽하기보다는 나만의 속도로

하기는 어렵다는 걸 알게 됐어요. 요가와 명상이 좋은 도구라는 건 변함이 없지만, 아이를 키우면서 루틴으로 소화하기는 힘들더라고요.

Q. 아이를 키우면서 나를 돌볼 수 있는 방법은 무엇일지 고민할 수밖에 없겠네요.

시간을 내기는커녕 매트도 펼치기 어려운 게 현실이에요. 그래서 돌봄의 영역이 매트 위를 넘어 어디까지 확장될 수 있을지 계속 생각하게 돼요. 나 자신뿐 아니라 아이와 파트너, 나아가 커뮤니티까지 건사하는 돌봄이란 어떤 형태일지요. 아이를 어린이집에 보내고 나니 '이 감사한 곳에서 아이를 돌보는 사람과 아이, 부모, 커뮤니티가 어떻게 하면 더 건강해질 수 있을까?'를 생각하게 되더라고요. 아직 뚜렷한 방법이 보이는 건 아니지만 이렇게 생각하다 보면 돌봄에 대한 사고가 크게 확장되는 것 같아요. 자기 자신을 잘 돌볼 수 없는 환경이라도 돌봄 시스템이나 체계가 잘 잡혀 있다면 여러 가능성이 생기겠죠. 이렇게 기존의 자기 돌봄을 넘어 '돌봄의 연결망'을 상상하게 되는데, 그러다 보면 지금의 저출생 정책이 바뀌어야 한다는 생각에까지 다다르게 돼요.

Q. 어떤 면이 바뀌어야 한다고 보나요?

돌봄 시간을 더 연장하는 정책을 추진한다는 이야기를 들었을 때 답답했어요. 양육자가 원한다면 저녁 8시나 10시까지 아이를 기관에 맡길 수 있게 하는 거죠. 물론 단기적으로는 이런 시스템이 필요할 수 있지만, 장기적으로는 모두에게 부담이 가는 정책이에요. 어떤 부모가 밤늦게까지 일하면서 아이를 기관에 오래 맡기고 싶을까요? 기관에서 일하는 선생님들의 노동 부담도 늘어날 거고, 아이 입장에서도 하루에 12시간을 기관에서 지낸다면 과연 행복할까요? 아이는 금방 자라니까 특정 시기라도 함께할 수 있는 시간을 보장해주는 정책이 오히려 양육자와 아이 모두에게 도움이 될 거라고 생각해요.

Q. 나의 몸과 마음이 건강해지는 돌봄에서 끝나지 않고 지역과 사회까지 함께 생각하게 된다는 점에서 진정한 확장에 가깝네요.

맞아요. 진정한 돌봄은 성장을 어떻게 바라볼 것인지에 대한 관점과도 연결되어 있어요. 특히 아이를 키우고 돌보는 일에는 정말 많은 시간이 필요해요. 그런데 그 시간이 보장되지 않는 사회에서는 진정한 돌봄이 가능하지 않을 것 같아요.

완벽하기보다는 나만의 속도로

Q. 시간에 대한 이야기가 나와서 말인데, 요즘 새롬 님은 시간을 어떻게 쓰고 있나요?

저의 우선순위는 아이를 돌보는 거예요. 그래서 모든 스케줄이 여기에 맞춰져 있어요. 제 체력과 아이의 컨디션이 매일 바뀌기 때문에 아이 돌봄을 먼저 소화하고, 남는 시간과 에너지가 있을 때 제 일을 해요. 지금은 아이가 제 시간을 많이 필요로 하기에 이렇게 결정했어요. 파트너와도 우리의 생애 주기를 고려해 어떤 시기에 누가 경제적인 부담을 더 질지 미리 합의했고, 아이가 열 살이 될 때까지는 이 방식으로 가되 그 이후에는 역할이 바뀔 가능성도 열어두었어요.

Q. 커리어 면에서는 약간의 공백기처럼 느껴질 수 있을 텐데, 그런 부분에 대한 불안은 없었나요?

제가 한창 커리어 전선에서 활동하는 시기였거나 에너지가 많았다면 일과 육아를 더 적극적으로 병행했을 거예요. 하지만 그렇게 욕심을 부리지 않기로 했어요. 그렇다고 아예 일을 놓은 건 아니라서 일하는 감각은 계속 유지하려고 해요.

Q. 아이를 키우면서 할 수 있는 최소한의 자기 돌봄은 무엇이라고 생각하나요?

가장 기본적인 부분이 중요해요. 특히 잠을 잘 자는 것이 우선이에요. 임신하고 출산하고 모유 수유를 하다 보면 수면 장애가 생길 수밖에 없어요. 얕게 잠들거나 계속 잠이 깨거든요. 그래서 스마트폰을 멀리 두는 등 어떻게든 잠을 잘 자기 위한 환경을 만들려고 노력해요. 그다음이 끼니를 거르지 않고 밥을 잘 챙겨 먹는 것이고요.

Q. 진짜 기본적인 부분이군요.

사람은 힘들면 기본적인 부분을 먼저 놓거든요. 그리고 다른 데서 자꾸 해답을 찾으려고 하죠. 하지만 잠을 잘 자고 밥을 잘 먹기만 해도 최소한의 자기 돌봄이 되기 때문에 스스로를 몰아가지 않을 수 있어요. 요가와 명상은 하면 좋지만 여유가 없을 땐 안 해도 그만이라고 생각해요.

Q. 기본적인 자기 돌봄에서 양육자가 가볍게 실천해볼 수 있는 팁도 있을까요?

슈타이너의 명상법 중에 '짧은 하루 돌아보기 명상'이 있어요. 자기 전에 누워서 아침에 깨어나는 순간까지 거꾸로 생

206   완벽하기보다는 나만의 속도로

각해보는 거죠. 여기서 주의해야 할 점은 '아, 근데 그때 내가 왜 그랬지?' 같은 코멘트를 달지 않는 거예요. 생각이 꼬리에 꼬리를 물듯이 떠올라도 거기서 멈추지 말고, 비디오를 되감 듯이 하루를 쭉 돌아보고 그냥 자야 해요. 하루를 되돌아보면서 관조하는 명상인데, 일종의 정화 과정이라고 볼 수 있어요.

Q. 이 명상은 어떤 도움이 되나요?

육아를 하다 보면 아이와 함께하는 나의 모습을 관찰하 거나 하루를 있는 그대로 보기가 정말 힘들거든요. 그런데 이 명상을 통해 연습하면 할수록 단일한 존재로서의 나, 그리고 단일한 존재로서의 아이가 보일 거예요. 자면서 무의식에서 많은 부분이 해소되기 때문에 쭉 돌아보는 명상을 매일 하는 것만으로도 큰 도움이 됩니다.

Q. 돌봄이라는 과정 자체가 자신을 새롭게 알아가고 다져나가는 일종의 수련 같다는 생각도 드네요.

저는 돌봄의 끝이 자립과 연결되어 있다고 생각해요. 누 군가 제게 아이가 어떤 사람으로 자라면 좋겠냐고 묻는다면 "생각의 자립과 경제적 자립을 통해 일상의 자립을 이루는 사람으로 성장하면 좋겠다"라고 답할 거예요. 내가 어떤 사람이고, 무엇을 하고 싶은지 스스로 알고, 그 능력을 채워갈 수 있는 사람으로 클 수 있도록 돕고 싶어요. 동시에 저도 계속 자립하는 존재로 성장하고 싶고요. 제가 저로서 생각할 수 있고, 저와 주변 사람을 부양할 수 있기를 바라고, 제 삶과 주변을 아름답게 가꿀 수 있으면 좋겠는 거죠. 함께 해나가는 자립 실험이랄까요? (웃음.) 아이가 크면 자립에 대한 생각이 저와 달라질 수도 있으니 지금이 가장 행복한 시기 같기도 하네요.

완벽하기보다는 나만의 속도로

아이를 위해, 나를 위해, 우리 모두의 빌드업

현대해상 홍보파트 김화지 차장

'1분만, 30초만….' 매일 아침 아이의 기상은 시간의 소중함을 다시금 느끼게 합니다. 눈뜨기 힘든 아이와 지각을 피하려는 엄마의 줄다리기는 하루의 시작부터 전쟁입니다. 등교, 출근이라는 전쟁에서 승리하고 회사에 도착하면, 아직 9시도 안 된 시계를 보며 맥이 빠지기도 합니다.

완벽하지 않아도 괜찮다는 용기

아침의 전쟁이 퇴근 후에도 이어지며 정신없는 일상이 반복되던 어느 날, 문득 생각이 들었습니다. '나는 과연 육아에 대해 진지하게 고민해본 적이 있었을까?' 그러다 우연히, 아이

의 생일이었던 2023년 11월 1일에 썼던 일기를 꺼내 보면서
마음 깊이 새겨두었던 문장이 떠올랐습니다.

"내가 지금까지 살아오며 가장 잘한 선택은
시아의 엄마가 된 일이다."

내게 모성애가 있을지 걱정하며 시작했던 엄마의 여정. 아이
를 위해 무릎을 꿇고, 우스운 표정을 짓고, 눈물짓고, 기뻐하
고, 사랑한다고 말하는 스스로를 통해 나는 조금씩 달라지고
있었습니다. 육아 전문가의 이야기, 주변 부모들의 말에 흔들
릴 때도 많았지만 아이는 나의 얼굴, 손, 발뿐 아니라 기질과
감정까지도 닮아 있었기에 엄마인 내가 누구보다 잘 이해해
줄 수 있다는 자신감이 생겼습니다.

일하는 엄마로서 아이를 뒤로한 채 출근하는 마음은 늘
무거웠습니다. 아이의 짜증, 식사 투정, 감기라도 걸린 날은
"내가 일을 하지 않았다면…"이라는 자책도 따라왔죠. 회사
에 있을 때 유치원에서 전화가 오기만 해도 심장이 철렁 내려
앉던 날들. 그럴 때마다 나는 누구를 위해 일을 하고 있는 건
지, 스스로와 남편, 때로는 회사까지 원망하곤 했습니다. 하
지만 아이가 초등학교 5학년이 된 지금, 이제 조금은 단단해

이토록 찬란한 육아

진 엄마가 되어 있습니다.

　여전히 아침은 분주하지만 이제는 아이의 등굣길에, 저는 출근길에 나서며 서로의 하루를 따뜻하게 응원하는 사이가 되었습니다. 육아를 희생이라고 생각했던 순간들도 있었지만, 되돌아보니 하루하루 자라는 아이의 키만큼 엄마인 나도 성장했습니다. 예상대로 이루어지지 않는 육아를 통해 '그럴 수도 있지'라는 여유가 생겼고, 아이의 미소와 함께 '잘될 거야'라는 긍정의 씨앗이 단단히 심겨 있었습니다.

우리들의 진짜 이야기를 나누고 싶었어요

그런 시간들을 지나며 '흔들리는 엄마, 아빠의 마음을 다독여 줄 콘텐츠가 있다면 좋겠다'라는 마음이 들었습니다. '빌드업 육아클럽'을 통해 화려한 육아법이나 전문가의 육아법보다 다양한 부모들의 솔직한 이야기와 고민을 나누고 싶었습니다.

　특히 '현대해상'이라는 손해보험사의 이름 아래 이 프로젝트를 기획하면서도 가장 중요하게 생각했던 것은 '어떻게 하면 아이와 부모를 향한 우리의 진심을 그대로 전할 수 있을까'였습니다. 그래서 화려한 영상이나 이벤트보다 오래도록 기억에 남는 공감의 문장 하나를 더 중요하게 생각했습니다. 누군가에게는 이 책이 2년 전의 제 일기처럼 공감과 위로를 전해줄 수 있는 따뜻한 일기장이 되기를 바라는 마음으로 말이죠.

우리가 만든 '함께의 힘'

현대해상에는 아이를 키우는 많은 동료들이 있습니다. 이들을 위해 운영하기 시작한 사내 육아 커뮤니티는 '빌드업 육아클럽'을 향한 저의 또 다른 도전이었습니다. 저와 동료들의 이야기를 통해 쉽게 꺼내놓지 못했던 육아 고민에 대해 서로에게 작은 '마음 열기'의 공간이 되어주고 있습니다.

'우리 집 이야기 같아요' '저도 매일 그런 생각해요'라는 공감의 공간 안에서 서로 조금씩 연대를 키워가고 '육아일기 쓰기' '감정 대화하기' 같은 거창하진 않지만 누구나 매일 할 수 있는 육아 리추얼 프로그램을 통해 조금 더 건강한 육아 여정을 함께 걸어가고 있습니다.

정보는 넘쳐나지만 방향을 잃기 쉬운 요즘, 그래서 더욱 중요한 건 부모의 중심이라는 생각이 듭니다. 남과 비교하며 앞서기 위한 육아가 아닌 아이와 부모 모두가 어제보다 나아지는 여정, 그 과정을 함께 응원하고 싶었습니다.

시즌 2, 더 깊은 이야기로 찾아갑니다

빌드업 육아클럽은 여기서 멈추지 않습니다. 다가올 시즌 2에서는 시의성 있는 육아 키워드를 깊이 고민하여 더 많은 부모와 아이의 이야기, 나만의 육아 루틴을 나눌 수 있는 콘텐츠를 준비 중입니다. 이 글을 읽어주신 모든 부모님들께 진심으로 감사드립니다.

누군가는 이 글을 통해 '나만 그런 게 아니었구나' 하고 마음을 놓을 수 있었기를 바라며, 누군가는 '우리 아이와 우리가 모두 행복한 여정은 어떤 여정일까?' 깊이 생각해볼 수 있기를 바랍니다.

"너를 만나고 엄마는 더 나은 사람이 되어가고 있어. 완벽하진 않지만 너에게 꼭 맞는 엄마가 되도록 매일 노력할게. 그 노력이 어느 날은 잘 지켜지지 않고, 서툰 마음에 짜증을 내기도 하고, 부족함이 한가득일지라도 어제보다 오늘, 그리고 내일 더 성장할 수 있도록 힘낼게. 시아가 힘들 때 뒤돌아보면 쉬어 갈 수 있는 엄마 아빠가 있음을 잊지 마. 엄마 딸이라서 고맙고, 사랑해."

이토록 찬란한 육아

1판 1쇄 발행	2026년 1월 23일
엮은이	빌드업 육아클럽
기획	현대해상 안전가옥
프로듀서	임수빈
	박혜신 심희정 이기훈 이수인
퍼블리싱	강현지 김수인
디자인	이응셋 이예연 정우진
경영지원	권혜영
비즈니스	현대해상 브랜드전략본부
공동기획	헤르츠
에디터	손현 김나래 박혜강
사진	윤미연
펴낸이	김홍익
펴낸곳	안전가옥
출판등록	제2018-000005호
주소	04779 서울특별시 성동구 뚝섬로1나길 5,
	헤이그라운드 성수 시작점 202호
대표전화	(02) 461- 0601
전자우편	marketing@safehouse.kr
홈페이지	safehouse.kr

ISBN   979-11-94891-10-9

값   16,800원

'사각'은 안전가옥의 논픽션 브랜드입니다.

ⓒ 현대해상 빌드업 육아클럽, 2025

이 책은 현대해상의 브랜디드 콘텐츠 프로젝트 '빌드업 육아클럽'의 이야기를 담아 제작되었습니다. 국내 저작권법에 의하여 보호받는 저작물이므로 무단전재 및 무단복제를 금합니다. 내용의 전부 또는 일부를 이용하려면 현대해상, 필진들의 동의가 필요합니다.

가위로 잘라 활용하세요.

아이에게 해주고 싶은 말

CHECKLIST

나의 육아 계획표

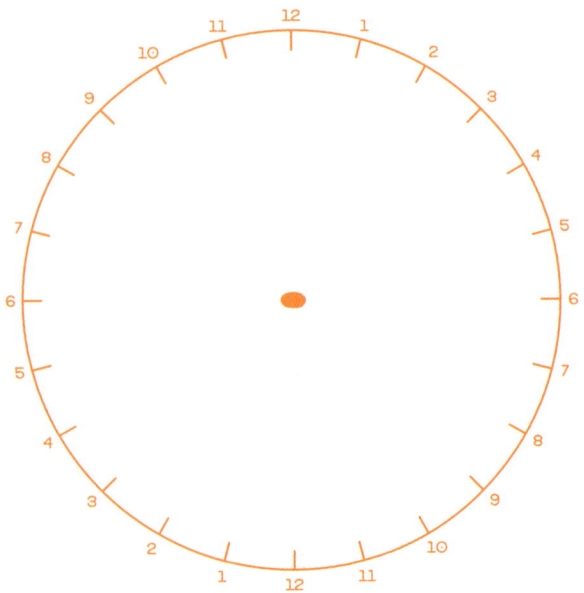

MEMO

아이를 살펴본 뒤, 부모로서 내가 참고 기다려줄 수 있는 순간과 아이를 도와줄 수 있는 방법을 나눠 적어보세요. 기다림과 도움의 균형이 아이의 성장을 지켜주는 힘이 됩니다.

기다려줄 수 있는 것

예시) 외식할 때 아이가 먹고 싶은 것을 고르는 시간,
문제 풀이 중 답을 오래 생각하는 시간

도와줄 수 있는 것

예시) 실망했을 때 감정을 말로 표현할 수 있도록 도와주기,
관계에서 주저할 때 먼저 친구에게 다가가는 법 알려주기

살펴보고 기다리기

아이마다 말, 사회성, 놀이, 학습의 속도가 다를 수 있어요.
속도를 다그치기보다 존중하는 연습을 해보면 어떨까요?
아래 간단한 체크리스트를 통해 우리 아이를 살펴보세요.

자기표현

- ★ 의견을 빨리 표현하는 편이다
- ★ 보통이다
- ★ 차분히 생각한 뒤 표현하는 편이다

상황 이해

- ♠ 상황을 빨리 파악하는 편이다
- ♠ 보통이다
- ♠ 천천히 살피며 이해하는 편이다

정서 감응

- ♥ 감정을 빨리 드러내는 편이다
- ♥ 보통이다
- ♥ 마음을 다지는 데 시간이 필요한 편이다

실천 행동

- ♠ 새로운 걸 금방 시도하는 편이다
- ♠ 보통이다
- ♠ 준비가 된 후 조심스럽게 시도하는 편이다

관계 맺기

- ♣ 친구들과 쉽게 어울리는 편이다
- ♣ 보통이다
- ♣ 낯을 가리거나 천천히 관계를 맺는 편이다

명상할 때 유념할 것

편안한 곳에서 눈을 감고
오늘 하루를 떠올립니다.
숨을 깊게 들이마시고
내쉬기를 반복합니다.
5분 이내로 가볍게 마칩니다.
"내가 왜 그랬을까?"
"내일은 이렇게 해야지" 같은
코멘트는 달지 않습니다.

나의 하루 돌아보기

나 자신을 너그럽게 바라볼 때 아이의 속도도 자연스럽게
존중할 수 있습니다. 오늘 하루를 잠시 멈추어
떠올려보세요. 힘들었던 순간도, 감사했던 순간도
있는 그대로 바라보는 것만으로 충분합니다.

몸 상태 체크

오늘 내 몸은…

- ⏱ 가볍다
- ⏱ 무겁다
- ⏱ 피곤하다
- ⏱ 긴장된다
- ⏱ 편안하다

마음 상태 체크

오늘 내 마음은…

- ⏱ 평온하다
- ⏱ 불안하다
- ⏱ 기쁘다
- ⏱ 답답하다
- ⏱ 설렌다

있었던 일 단어로 기록하기

오늘 하루는…

아이의 속도 존중

슈타이너의 명상법 중에
'짧은 하루 돌아보기 명상'이 있어요.
자기 전에 누워서
하루를 역순으로 생각해보는 거죠.
주의해야 할 점은
'아, 근데 그때 내가 왜 그랬지?'
같은 코멘트를 달지 않는 거에요.

'나의 속도를 존중받는 일'이 중요했듯,
아이의 속도도 존중해주고 싶어요.

엄마/아빠가 원하는 것

예시) 저녁 시간에는 좋아하는
     예능 프로그램을 보고 싶다
     ○○(이)가 체육 활동을 조금 더 했으면 좋겠다

욕망 상상하기

아이와 나, 우리 모두는 각자의 욕망을 가진 사람입니다.
부모로서 어떤 것은 들어줄 수 있고 어떤 것은 그렇지 않을
수도 있지요. 아이와 각각 페이지를 나눠 원하는 것들을
적어본 뒤, 서로 바꿔 읽고 대화를 나눠보세요. 그 안에서
들어줄 수 있는 것에는 동그라미를 치면서 서로의 마음을
존중해보아요.

_____ (이)가 원하는 것

예시) 친구를 집에 초대하고 싶다
　　　 재미없는 책을 읽고 싶지 않다

아이와 나의 다른 점

나는 부모이기도 하지만 동시에 나만의 삶과 정체성을
가진 사람입니다. 그리고 아이 역시 하나의 개성을
지닌 독립된 존재로 자라나야 하죠. 우리가 가족으로서
비슷한 점과 개인으로서 다른 점을 적어볼까요?

아이와 나의 비슷한 점

개성과 주체성

어쨌든 아이는 자라고, 부모가 기본만 해주면
절대로 나쁘게 자라지 않아요. 그리고 아이들은
각자 가진 성향을 발전시켜나가는 거고요.

내가 할 수 있는 일과 할 수 없는 일을 구분하고,
그 인식을 아이들과도 공유하는 것이
중요하다고 생각해요.

우리 집 몸 인사 만들기

방법

① 몸을 움직이는 동작을 활용해서
'우리만의 특별한 인사'를 정해요.

예시) 손가락 하트와 손가락 뽀뽀하기,
두 손 하이파이브하고 주먹 콩콩

② 이 인사는 두 가지 이상의 동작을 더해서 만들어요.

③ 다 같이 연습해보고 상황을 정해 사용해요.

몸 인사 상황 예시

◦ 엄마/아빠가 퇴근하고 들어왔을 때

◦ 어린이집/학교를 마치고 집 현관에 들어섰을 때

◦ 정해진 숙제를 마쳤을 때

◦ 잠자기 전 자신의 방으로 돌아갈 때

MEMO.

소개된 놀이 외에도 일상은 언제든 예술의
재료가 됩니다. 우리 가족만의 방법으로 새로운
예술 활동 아이디어를 자유롭게 적어보세요.

일상 속 예술 활동

작은 모양, 소리, 색깔을 마주하는 것만으로도 아이의
감수성은 자라나죠. 집 안의 재료들을 활용하여 아이와
함께 일상의 작은 예술 활동을 해보는 건 어떤가요?

소리 빛깔 노트 만들기

준비물 색연필(사인펜/크레파스), 수첩(스케치북/종이)

방법 집 안에서 나는 소리를 함께 들어보세요. 그리고
아이에게 "이 소리는 무슨 색일까?" 하고 물어본
뒤, 아이가 떠오르는 색을 골라 수첩에 칠해보도록
해주세요.

들려줄 수 있는 소리

수도꼭지 물 트는 소리	세탁기 돌아가는 소리
청소기 돌리는 소리	초인종 소리
전자레인지 돌아가는 소리	창문 열고 닫는 소리
창밖의 자동차 경적	손뼉 치는 소리
엄마 아빠의 웃음소리	발 구르는 소리
비 오는 소리	새소리

솔직한 이야기 뒤에 웃음과 축하가 담긴 작은 대화를 통해
우리 가족의 정서적 유대감을 차곡차곡 쌓아가요. 오늘
저녁 아이에게 보낼 작은 파티 초대장을 만들어보는 건
어떨까요?

초 대 장

준비물 :

날짜 :

TIP. ❶ 엄마의 간식, 아빠의 노래, 아이의
애착 인형 등을 준비물로 적어보아요.
❷ 우리 집 거실, 식탁 등 우리만의 추억이
가득한 장소에서 만나요.

솔직하고 사소한 대화

내 마음을 숨기지 않고 한 사람으로서 아이와 솔직하게
나눈 이야기가 있나요? 아이들은 생각보다 진심 어린
엄마/아빠를 기다리고 있을지도 몰라요.
아이에게 전하고 싶은 마음을 짧은 문장으로 적어보세요.

예시) 사실 엄마는 어릴 때 편식을 정말 많이 했어.
엄마는 이 음식을 못 먹는데 우리 ○○(이)는
잘 먹어서 정말 기특하다.

TIP. 솔직한 이야기를 시도한 뒤
아이의 말이나 반응을 기록해보세요!

표현과 감수성

가족이기에 누구보다 가까운 만큼
서로의 진짜 모습을 이해하며
사랑을 주고받는 관계가 되었으면 해요.

부모가 직접 불러주는 노래야말로 가장
기본적이면서도 예술적인 경험이에요.

발달단계	대화 주제	시도해볼 만한 질문 방향
초등 저학년 (8~9세) • 또래 관계 • 성취 • 호기심 • 계획 • 감정 나누기	또래 관계	친구랑 놀 때 언제 가장 즐거워? 친구가 했던 말이나 상황 중에 속상했던 것도 있었어?
	성취 경험	오늘 학교(학원)에서 제일 뿌듯했던 순간은 뭐야?
	배움 호기심	선생님이 해주신 말 중 기억나는 게 있어? 학교나 친구와 있을 때 모르거나 더 알고 싶은 게 있었어?
	계획·희망	다음 주말에 꼭 하고 싶은 건 뭐야?
	어려움 감정	혹시 힘들었던 일이 있었어? 그때 어떤 기분이 들었어?

아이와 편하게 나눠볼 수 있는 한 문장을 선택하여
오늘 저녁 이야기를 시작해보는 건 어떤가요?

발달단계	대화 주제	시도해볼 만한 질문 방향
유아기 초반 (3~4세) • 놀이 • 감정 • 가족	놀이 경험	오늘 뭐 하고 노는 게 제일 재미있었어?
	감정 표현	지금 기분을 그림/색깔로 고른다면 어떤 모양/색일까?
	가족 관계	엄마/아빠랑 뭐 하고 싶어?
유아기 후반 (5~7세) • 놀이 • 취향 • 자기 강점 • 창의 표현	놀이·일상	친구랑 같이 놀면서 ○○(이)가 맡은 역할은 뭐였어? 예시) 혼자/친구들이랑 하는 놀이가 있으면 알려줄래? 가족 놀이, 술래잡기 등
	선호·취향	○○(이)가 요즘 좋아하는 색/음식/동물은 뭐야? 왜/언제 그게 좋다는 생각이 들었어?
	자기 강점	○○(이)가 정말 멋지다고 느껴질 땐 언제야? ○○(이)가 제일 재미있게 하는 건 뭐야?
	창의 표현	○○(이)가 만화책을 만든다면 오늘 하루 중 어떤 장면을 넣어볼까?

아이와 함께 성장하기

말의 프레임이 달라지면 아이와 나를 잇는 마음의 결도 달라집니다. 세모 프레임 안에 미안함으로 시작했던 말을 적고, 동그라미 프레임 안에 고마움과 지지의 말로 바꿔 적어보세요.

예시) "미안해, 엄마가 늦었어!"
　　　늦은 엄마의 사과 → 엄마는 잘못한 사람

예시) "기다려줘서 고마워.
　　　너무 의젓하고 대단하다."
　　　늦는 엄마를 기다려준 나에 대한 칭찬 → 자신에 대한 긍정

내가 조절할 수 있는 시간 안에서 가장 지키고 싶은

세 가지 우선순위를 세워보세요.

그 시간에 무엇을 하고 싶은가요?

혹은 무엇을 할 수 있을까요?

예시) 아이가 잠들기 전 대화하기,

아이가 잠든 후 업무 인사이트 채널 살펴보기 등

1

2

3

시간 관리와 우선순위

시간을 구분하는 것은 균형 잡힌 하루를 만드는
첫걸음이에요. 표를 채우면서 '내가 할 수 있는 것'과
'지금은 내려놓아야 할 것'을 차분히 나눠보는 건
어떨까요?

○ 내가 조절할 수 있는 시간

○ 아이가 잠들기 전후

○ 점심시간 5~10분

○

○

○

○

♂ 내가 조절할 수 없는 시간

♂ 아이의 학교 일정 변경

♂ 회사 긴급 업무 및 회의

♂

♂

♂

♂

균형과 성장

{ 스스로 컨트롤할 수 있는 영역이
무엇인지 명확히 아는 게 중요해요. }

{ '가해자와 피해자 프레임'에서
'상호 돌봄의 프레임'으로 바뀌는 거예요.
무조건 사과부터 하기보다 아이를 지지하고
고마움을 표현하려고 노력했어요. }

혹시 스스로에게 너무 엄격하진 않나요?
소중한 사람에게 보내듯 나 자신에게
따뜻한 메시지를 적어 건네보세요.
'괜찮아, 충분히 잘하고 있어'라는 한마디가
오늘의 마음을 조금 더 부드럽게 만들어줄 거예요.

To. ME

육아의 실수와 성찰

육아를 하다 보면 마음처럼 되지 않는 순간이 찾아오죠.
그 장면을 솔직히 돌아보고, 그때의 감정을 아이에게
어떻게 이야기할 수 있을지 적어보세요.

최근 아이와 함께 보낸 순간 중
마음처럼 되지 않았던 장면을 적어보세요.

예시) 아이에게 화내던 순간, 아이 말을 끝까지 들어주지 못한 순간

그때 느낀 내 감정을 아이에게 어떻게
설명할 수 있을까요?

예시) "엄마가 피곤해서 화가 났어. 네 잘못은 아니야."

나만의 육아일기 써보기

긴 글이 아니어도 괜찮아요. 오늘 하루 아이와 함께한
순간을 짧은 글, 그림, 사진, 말풍선 등 다양한 방식으로
기록해보세요.

20   년   월   일 아이와 함께하는 순간

성찰과 기록

일기를 쓰는 동안 하루를 돌이켜 보면서
스스로에게 몰입하다가, 또 어느 순간
버드뷰처럼 원거리에서 바라보기도 해요.
그 과정이 제 불안을 많이 감소시켜줬어요.

제가 실수해도 아이는 괜찮더라고요.
욕심 대신 실수가 쌓이면서 육아가 자연스러워졌어요.

**아이와 함께 지켜야 할 것과
아이의 방식대로 해도 괜찮은 것을 나눠 적어보세요.**

외부의 기준이 아닌

우리 가족만의 선택 기준이 생길 거예요.

우리 가족이 꼭 지켜야 할 것

예시) 부정적인 말투, 남에게 피해 주는 행동,
　　　식사 중 자리에서 돌아다니는 것

아이의 방식대로 해도 괜찮은 것

예시) 장난감 놓는 위치 정하기, 오늘 입을 옷 선택하기

아이 중심의 실용적 육아

오늘 하루의 아이 표정을 떠올려볼까요? 웃는 얼굴,
무표정, 찡그린 얼굴처럼 아이가 가장 자주 지은 표정을
골라 체크해보세요. 아이가 어떨 때 그런 표정을
지었는지도 간단히 적어보면 우리 아이의 마음에
한 발짝 더 다가갈 수 있을 거예요.

월

화

수

목

금

토

일

더 집중하고 싶은 것을 위해

내가 해볼 수 있는 작은 일을 적어보세요.

예시) 육아-주말에 아이와 동네 도서관이나 공원 가기
      일-퇴근 전 오늘 잘한 일 한 가지 적어보기
      개인 시간-잠깐 눈 감고 음악 한 곡 온전히 듣기

1

2

3

4

5

더 집중하고 싶은 것을 위해

내가 덜어낼 수 있는 작은 일을 적어보세요.

예시) 육아-완벽한 식단 준비에 대한 부담 덜기
      일-중요하지 않은 회의나 잡일 줄이기
      개인 시간-필요 없는 SNS 스크롤 줄이기

1

2

3

4

5

나의 우선순위 점검하기

엄마로서, 일하는 나로서, 온전한 나 자신으로서 하루 중
어디에 제일 많은 힘을 쓰고 있나요? 나의 하루 중 힘쓰기
정도를 1~10 단계로 색칠해보세요.

육아

○ 지금 만족한다 ○ 조금 줄이고 싶다 ○ 조금 늘리고 싶다

1 2 3 4 5 6 7 8 9 10

일

○ 지금 만족한다 ○ 조금 줄이고 싶다 ○ 조금 늘리고 싶다

1 2 3 4 5 6 7 8 9 10

개인 시간

○ 지금 만족한다 ○ 조금 줄이고 싶다 ○ 조금 늘리고 싶다

1 2 3 4 5 6 7 8 9 10

나는 지금 _____ 에
가장 많은 힘을 쓰고 있고,

앞으로는 _____ 에
더 집중하고 싶다.

선택과 집중

{ '내가 할 일은 육아와 사업이다'라고
두 가지를 정해두고 집중하니
삶이 단순하게 정리되더라고요. }

{ 지금 웃고 있나? 그걸 먼저 보죠.
그리고 최대한 대화를 많이 하려고 노력하죠.
아이의 마음 상태에는 많은 관심을 가지지만
'이 나이 때는 이래야 한다'라는 정해진 기준에
얽매여 너무 깊게 신경 쓰지는 않으려 해요. }

나다운 육아 살펴보기

빌드업 노트는 인터뷰이의 경험과 이야기를 바탕으로
빌드업 육아클럽 기획팀이 재구성한 내용입니다.
단순히 책을 읽고 끝내는 게 아니라 오늘부터 한 걸음
나아가보자는 초대장이에요. 정답을 강요하지 않고 각자의
속도와 여건 안에서 작은 시도를 기록해 쌓아가는 실천
노트입니다. 따라야 할 정답지보다는 여러분의 육아를
탐색하고 확장하는 도구로 활용해보세요. 빈칸을 채우는
동안 당신만의 육아 원칙이 또렷해질 거예요.

빌드업 노트

빌드업
육아클럽